日語考試
備戰速成系列

日本語能力試驗精讀本

3 天學完 N5．88 個合格關鍵技巧

香港恒生大學亞洲語言文化中心、
陳洲　編著

萬里機構

　　陳洲老師是日本語言及文化的專家。他在日本留學及工作多年,深知日本語文中包含了社會及歷史文化的深層元素。他編寫的這套「日語考試備戰速成系列」叢書,顧及中文(普通話和廣東話,下同)使用者的學習需要去分析日語的結構。要學好日語,就必須懂得日語中的文化元素及語言運用。例如敬語,其實是從倫理關係中產生的。日本人生活於日本社會倫理關係之中,又有日常生活的禮儀細節配合,語言便是人生成長及習慣的一部分。所謂「學習」,「學」及「習」要結合得好才會有所體會,「習」成而後才會有所「得」,「習得」指的就是這個意思。

　　我年青時候曾跟隨日本老師學日語,日本老師很講究語文準確運用的練習,但由於沒有把我當作外語學習者來教導,未能充分利用我的中文背景使我更有效地學習,所以進度緩慢。陳老師的教材,是一套實用的教材,充分考慮母語為中文的學生的背景,如當中有普通話發音及日語發音的比較,坊間實屬罕有,相信很能幫助香港、台灣以至中國學生掌握日語。此外,這套書為複習日語而設計,複習單元一節緊扣一節,實用性很高,使讀者可於短時間之內把握好基本的語用要素。對於準備日本語能力試驗,尤其實用。

　　這套書將出版五冊,作為對香港恒生大學亞洲語言文化中心成立的獻禮。中心主任陳顯揚博士期望提倡亞洲語言文化學習之餘,還在學術出版方面多作貢獻,所以有陳老師這一套書的出版。

　　我特別推薦陳洲 Sensei 這套書給希望速成並有系統地學習日語的讀者。

香港恒生大學
人文社會科學學院
講座教授兼院長
譚國根教授

2020 年歲次庚子農曆 4 月，香港疫情雖大致退卻，老師學子們仍忙於網上課堂，準備期末考試。陳洲老師傳來最新的書稿，予我先睹為快，並囑代序。我數年前應香港恒生管理學院（即現在的香港恒生大學）之邀作專題演講時與陳兄相識，他的日語學識和漢文訓讀心得，使我留下深刻印象。此後經常瀏覽他的 Facebook，感受到陳老師對日語教育之熱忱和高度專注。

香港流通的日語教育書刊，大部分的作者多為日本人，大陸和台灣的次之，香港本地人編寫的教材則屬鳳毛麟角，在我的記憶中，以應考「日本語能力試驗（JLPT）」的讀者為對象並且由香港人編寫的參考教材，這本應該是第一本。

本書在構思上頗花心思，編排模塊化，條理分明，內容重點突出，層次有序，既適合讀者自學應考，也適合教師按各主題作教學之用。尤其是第 3 部分的【助詞運用】和第 4 部分的【文法比較】，針對性強，可以幫助初學者解決很多日語學習上的疑問。此外，本書的另一特色是開篇的【語音知識】，分別比較日語發音與廣東話和普通話音韻的關係，頗有啟發性，為其他同類參考書所沒有。書中的練習內容和精選的模擬試題，適合讀者在完成各個單元後，自我評估，亦可作為 N5 考試前的總複習。

本書精心編寫，是陳老師集多年教學實踐所累積的豐富成果，既填補了香港日語教育參考書的部分空白，也豐富了日語文法參考書庫。可喜！可賀！是為序。

香港日本文化協會
前副校長
侯清儀
2020 年 5 月於香港

　　在大學時期開始，我對來自日本的文化、音樂、連續劇等資訊產生濃厚的興趣。而且當時認為能夠説日語，在朋友圈子裏是一件很有型的事。所以我在大學二年級時，選修了「初階 - 日本語」。每一堂都是期待和享受的，但始終「求學也要求分數」，在第 13 週的日本語考試，卻寫下最慘痛的血淚史。

　　因為當時沒有「日語考試備戰速成系列」這樣的精讀叢書，作為學習日語新手的我，花了幾乎 70% 溫習時間，死記硬背課本所有資料以應付日語考試，而不足於 30% 的時間分配在另外四個主修科目上。資源錯配，您不難想像我那個學期的 GPA 不會好到哪裡去。

　　因為這個慘痛的日語考試經歷，我將原本準備報考日本語能力試的計劃無限期擱置。直至知道陳洲せんせい編撰了「日語考試備戰速成系列」叢書，我的「日語考試恐懼症」仿如得到了救藥，對考核日本語能力試資格的那團火再度燃燒！

　　書中內容集合了大部分應考生的三大渴求，

　　(1) 最少的溫習時間；

　　(2) 重點溫習出題頻率較高的範圍；

　　(3) 模擬試題操練；

　　溫習效率大大提升，讓考生快速地進入最佳備戰狀態。

　　所以這絕對是學習日本語必備的精讀參考書，也讓我們能實現「求學也可求分數」的可能。

日本 SSI 認定唎酒師

日本酒品質鑑定士

天合環球有限公司總負責人

盧靜文 Jamie Lo

編者的話

　　香港恒生大學承蒙教育局質素提升支援計劃撥款資助，於 2020 年 1 月成立亞洲語言文化中心（CALC）。中心隸屬於恒大人文社會科學學院，旨在推廣亞洲語言教育及向學生介紹亞洲文化。有見日語和韓語為本地學生最廣為學習的外語，本中心一直舉辦日語及韓語能力試應試輔導班，透過小組研習，由資深導師講解語言能力試的答題竅門，輔以歷屆試題的練習，加強考生應試能力和信心，從而提升成績和合格率。

　　本中心副主任陳洲老師一直主力負責教授本校的日語班，經年以來累積不少心得並漸漸發展出一套適合香港以至用中文作為母語的學生適用的日語備試教材，這正正就是「日語考試備戰速成系列」叢書的出版緣由。本中心蒙教育局資助，以及萬里機構答允出版，合教學助理、學生助手和插畫師等人的努力，使陳洲老師多年來的日語教學精髓能整全地呈獻給廣大讀者，在此謹向各位致意。並希望這一系列叢書能喚起大家對學習外語的熱誠，逐級挑戰，真正做到：百尺竿頭，更進一步！

香港恒生大學
亞洲語言文化中心

筆者的話

出版兩本《日本語能力試驗精讀本：3 天學完 N 試．88 個合格關鍵技巧》的動機是，根據筆者所見，市面上對日語介紹得淋漓盡致的書籍比比皆是，但是缺乏一本「考試天書」，方便繁忙的城市人或是愛臨急抱佛腳的學生（業界用語 "deadline fighter"，笑），在考試前幾天甚或只剩下 30 分鐘，來一個有效率的總合溫習，爭取在最短時間內掌握日能試詞彙、文法、閱讀和聆聽等各種技巧。以下是本書幾個特點，以及筆者給讀者的一些使用建議。

本書特點：

1. 廣東話的拼音採用較為香港人較為熟悉的耶魯（Yale）式；

2. 盡量配合原文作出中譯，但例如第二部分：語彙拔萃中，某些日語名詞與中文（普通話和廣東話，下同）大同小異，則不加語譯，以免累贅。另外，某些隱藏意思／被省略的寓意會用【　　】表示。

3. 在語音知識方面，很多是 N5-N1 共同的，甚至有一些日本人也不太諳熟的內容，「連濁有甚麼特徵？」「古代はひふへほ的子音不是 h 而是 p ？」趣味盎然，適合各個水平的語言學習者閱讀。

4. 同樣是語音知識方面，用很多篇幅比較中文和日語發音，相信對學習日語而母語為中文的人士，或學習中文而母語為日語的人士，能夠提供一點點的啟發；

5. 本書旨在製作一本百分百 Made in HK 的日語參考書，故幾乎所有內容都是原創作，甚至第六部分：聽解，也是打破以往找母語為日語的人士錄音的傳統，以本地的日語教師及香港恒生大學的同學們負責，這種草創的「土炮」性質，相信對今後日語教育的發展，具有一定的意義。

6. 因為預計本書的市場定位為「考試天書」，故當中的解說以精簡及考試技巧優先，需要更詳盡的解說，可在坊間的書海裏尋找。

使用建議（每課所需的時間）：

1. 閱讀版頭的介紹，並記下重點（3 分鐘）；

2. 挑戰不同類型的練習題（不含閱讀理解的需要 4 分鐘；含閱讀理解的需要 8 分鐘）；

3. 看答案和解說（4 分鐘），並牢牢記住重點。

4. 全書超過 300 題試題，再加一份完整的模擬卷，相等於日能試 4-5 年分量的題數，相信定能為考生上戰場前打下一支強心針。

本書的閱讀理解練習約佔一半篇幅，故每課練習題所需的時間平均為 6 分鐘，即完成一課所需的時間為 3+6+4=13 分鐘。一共 88 課，故是 1144 分鐘，即 19 小時，再加一份完整的模擬卷約 2 小時合共 21 小時，分 3 天來學習，每天只要集中用功 7 個小時，就能夠將考試最核心的部分作一個全面的理解，這亦是我們把書名定為《日本語能力試驗精讀本：3 天學完 N 試 · 88 個合格關鍵技巧》的原因。

另外，不得不説的是，在短短三個月之內能夠寫好兩本《日本語能力試驗精讀本：3 天學完 N 試 · 88 個合格關鍵技巧》，除了是筆者多少個晚上對着屏幕，愁眉深鎖的費煞思量，螞蟻搬家的逐點完成外，當中很多日中翻譯，都是端賴從前教過的學生「伸出援手」，才能夠在短時期內完成的。這裏篇幅有限，未能一一公開各位芳名，只能從心坎裏發出由衷的一聲：沒有大家，也就沒有這套書的出現，ありがとうございました。

最後，獻給在成書前相繼離世的老豆及阿嬤，多謝你們多年來的養育之恩，望九泉下能看到兒孫對人文社會作出的雖微不足道但一丁點的實質貢獻。兒孫每日念茲在茲着「其の人は已に没せりと雖も、千載 余情あり」（其人雖已沒，千載有餘情），直至他日重逢之時。

最後，祝願各位考生在日能試中考取理想的成績。

陳洲

書於香港恒生大學 M523 教員室

二〇二〇年五月二十日

目錄

第一部分：語音知識

第二部分：語彙拔萃

第三部分：助詞運用

第四部分：文法比較

第五部分：閱讀理解

第六部分：聽解

N5 模擬試験

答案、中譯與解說

語音知識

出題範圍		出題頻率
甲類：言語知識（文字・語彙）		
問題1	漢字音讀訓讀	✓
問題2	平假片假標記	✓
問題3	前後文脈判斷	
問題4	同義異語演繹	
乙類：言語知識（文法）・讀解		
問題1	文法形式應用	
問題2	正確句子排列	
問題3	文章前後呼應	
問題4	短文內容理解	
問題5	長文內容理解	
問題6	圖片情報搜索	
丙類：聽解		
問題1	圖畫情景對答	
問題2	即時情景對答	
問題3	圖畫綜合題	
問題4	文字綜合題	

1 廣東話與日語 ①

入聲 I 廣東話 k 尾音會變成日語尾音 く / き

k 尾音：食（sik しょ**く**），力（lik りょ**く** / り**き**），六（luk ろ**く**），式（sik し**き**）
一般而言，uk（六）、ok（国）會較多變成く，而 ik（的）、ek（笛）則比較
傾向變成き

題1 こんどの　音楽かい、いっしょに　ききに　いきませんか。

1 おんらく　　　　2 おんがく

3 いんらく　　　　4 いんがく

題2 ぶた肉と　とり肉と、どちらが　すきですか。

1 にき　　　　　　2 にく

3 よき　　　　　　4 よく

題3 いま　駅の　屋じょうに　たっている人は　どなたですか。

1 いき / やく　　　2 えき / やく

3 いき / おく　　　4 えき / おく

題4 もう　じゅぎょうの　じかんですから、せきに　もどって　ください。

1 責　　　　　　　2 咳

3 席　　　　　　　4 石

入聲 II　廣東話 t 尾音會變成日語尾音つ / ち

> **t 尾音：**必（bit ひ**つ**），実（sat じ**つ**），七（chat し**ち**），八（baat は**ち**）

題1　<u>実</u>は、きむらさんの　ことが　だいすきです。

1　しき　　　　　2　じき

3　しつ　　　　　4　じつ

題2　<u>失礼</u>ですが、お<ruby>名前<rt>な まえ</rt></ruby>は？

1　しつり　　　　2　しつれん

3　しつりい　　　4　しつれい

題3　じんじゃで　だい<u>吉</u>の　おみくじを　ひきました。

1　きち　　　　　2　きく

3　じち　　　　　4　じく

題4　あれは　<ruby>世界<rt>せ かい</rt></ruby><u>いち</u>　はやい　ひこうきです。

1　位置　　　　　2　一

3　未知　　　　　4　二

3 廣東話與日語③

入聲 III 廣東話 p 尾音會變成日語尾音（長音）う / つ

p 尾音：急（gap きゅ**う**），十（sap じゅ**う**），立（lap/laap り**つ**），湿（sap し**つ**）

題1 そとで **救急**しゃが はしって います。

1 きゅうきゅ　　　2 きゅきゅ

3 きゅきゅう　　　4 きゅうきゅう

題2 このへやは **湿度**が たかい ですね。

1 しつど　　　　　2 しちど

3 しつどう　　　　4 しちどう

題3 **合格**、おめでとうございます。

1 ごうかく　　　　2 ごかっく

3 ごうかつ　　　　4 ごかっつ

題4 **起りつ**、れい、せんせい、おはようございます。

1 来　　　　　　　2 床

3 立　　　　　　　4 身

廣東話與日語④

上述 1-3 章的 ptk 語尾特徵有機會變成促音っ，與後面漢字連結

く / き
つ / ち ────────────→ 促音っ
（長音）う / つ

題1　なんかいも　失敗して、やっと　せいこうしました。

1　さっぱい　　　2　さつぱい

3　しっぱい　　　4　しつぱい

題2　あれは　なんの　雑誌ですか。

1　ざし　　　　　2　ざっし

3　ざつし　　　　4　ざーし

題3　たなかさんは　まいにち　熱心に　フランスごを　ならって　います。

1　にっしん　　　2　ねっしん

3　なっしん　　　4　ぬっしん

題4　はしや　スプーンや　フォークなどは　しょっきだなに　ありますよ。

1　食器　　　　　2　小機

3　書机　　　　　4　生気

普通話與日語①

撥 音　如普通話拼音最後 n（廣東話的 n/m）結束，日語音讀最後必有「ん」

---

1. an：安（an あ**ん**），単（dan た**ん**），参（can さ**ん**）
2. in：心（xin し**ん**），金（jin き**ん**），民（min み**ん**）
3. en：文（wen ぶ**ん** / も**ん**），人（ren じ**ん** / に**ん**），真（zhen し**ん**）
4. un：準（zhun じゅ**ん**），婚（hun こ**ん**），存（cun そ**ん**）

題1　この<u>新聞</u>は　いくらですか。

1　しんむん　　　　2　しんぶん
3　しむん　　　　　4　しぶん

題2　パンを　<u>半分</u>　ともだちに　あげました。

1　はんふん　　　　2　はんぶん
3　ほんぶん　　　　4　ほんふん

題3　<u>てんき</u>が　よければ、<u>さんぽ</u>しましょう。

1　電気 / 参拝　　2　天気 / 参拝
3　電気 / 散歩　　4　天気 / 散歩

題4　あした　<u>しけん</u>が　あるので、<u>しんぱい</u>して　います。

1　事件 / 心配　　2　事件 / 信用
3　試験 / 心配　　4　試験 / 信用

母音 I 大部分的普通話母音（母音＝韻母，下同）ian/uan 會變成日語的 en（え段＋ん）

---

1. ian： 変（bian **へん**），千（qian **せん**），言（yan **げん**），天（tian **てん**）

2. uan： 全（quan **ぜん**），園（yuan **えん**），選（xuan **せん**），専（zhuan **ぜん**）

普通話的 ian/uan 很多時候等同於廣東話的 in/uen，可參考《3 天學完 N4 88 個合格關鍵技巧》 **6** 廣東話與日語⑩。

題1 <u>全</u>ぶで <u>千</u>えん でございます。

1 ざん / さん 　　2 ぜん / せん

3 ざん / せん 　　4 ぜん / さん

題2 こんどの しごとは <u>大変</u> かもしれません。

1 たいべん 　　　2 たいへん

3 だいべん 　　　4 だいへん

題3 あのひとたちは おおさか<u>べん</u>で はなして います。

1 弁 　　　　　2 辺

3 便 　　　　　4 言

題4 いっしょう<u>けん</u>めい <u>べん</u>きょうします。

1 県 / 勉 　　　2 県 / 剋

3 懸 / 勉 　　　4 懸 / 剋

普通話與日語③

母音 II

1. 部分普通話母音 iu 會變成日語「yu 行拗音＋う」（ゅう）

2. 部分 üe 則和廣東話的入聲對應，日語尾音會變成「つくきち」

---

1. iu：九（jiu **きゅう**），留（liu **りゅう**），牛（niu **ぎゅう**），休（xiu **きゅう**）

2. üe：雪（普 xue，廣 syut，**せつ**），月（普 yue，廣 yut，**げつ／がつ**），却（普 que，廣 keuk，**きゃく**），絶（普 jue，廣 jyut，**ぜつ**）

關於入聲字與日語音讀的關係，請參考本書 **1** ～ **4** 。

題1 **九**しゅう　の　**牛**にくは　有名ですか？

1　きゅう／ぎゅう

2　く／ぐ

3　ぎゅう／く

4　ぐ／きゅう

題2 **学**せいたち　は　**休**日に　なにを　しますか。

1　がく／きょう

2　かく／きょう

3　がく／きゅう

4　かく／きゅう

題3 あれっ、あたまから　**出血**して　いますよ。どうしたんですか？

1　でぢ

2　でけつ

3　しゅっぢ

4　しゅっけつ

題4 これは　**ぜったい**に　はなしては　いけない。

1　絶体

2　絶対

3　絶大

4　絶代

8 普通話與日語④

母音 III

1. 普通話母音 u 一般會變成日語音讀 o（お段）

2. 普通話母音 o 和部分的 uo 會變成日語音讀 a（あ段）

3. ü 一般會變成「yo 行拗音」（しょ，ちょ等）

---

1. u：古（gu **こ**），路（lu **ろ**），土（tu **ど**），図（tu **と**）
2. o：我（wo **が**），波（bo **は**），魔（mo **ま**），多（duo **た**），過（guo **か**）
3. ü：女（nü **じょ**），巨（jü **きょ**），旅（lü **りょ**），去（qü **きょ**）

題1 せんしゅうの　土曜日は　36度　でした。

1　つち / ど　　　　　　　　　2　ど / ど

3　つち / たび　　　　　　　　4　ど / たび

題2 インドネシアの　首都は　ジャカルタです。

1　くびみやこ　　　　　　　　2　しゅみやこ

3　しゅと　　　　　　　　　　4　くびと

題3 しゃちょうに　許可を　もらいました。

1　ひゅか　　　　　　　　　　2　きょか

3　しゅか　　　　　　　　　　4　にょか

題4 ここから　おくに　までの　きょりは　どのくらいですか？

1　胡瓜　　　　　　　　　　　2　巨利

3　給料　　　　　　　　　　　4　距離

子音I 　部分普通話子音（子音＝聲母，下同）h/x 會變成日語 k/g 行

1. h：韓（han **かん**），海（hai **かい**），会（hui **かい**），号（hao **ごう**）
2. x：希（xi **き**），下（xia **か**），休（xiu **きゅう**），限（xian **げん**）
但如果普通話 x 子音的相應廣東話子音為 s，如西（普 xi，廣 sai，日 sei せい/sai さい），先（普 xian，廣 sin，日 sen せん），小（普 xiao，廣 siu，日 shou しょう）等，其日語子音則傾向變成 S 行，一般不能套用於此理論。

題1 **韓**こくの　かいしゃで　はたらくことを　**希**ぼうして　います。

1　かん / し
2　はん / し
3　かん / き
4　はん / き

題2 でんわ**番号**は　なんばんですか。

1　へんご
2　ばんご
3　べんごう
4　ばんごう

題3 ひとには　それぞれの　**性格**が　あります。

1　けいかく
2　げいかく
3　せいかく
4　ぜいかく

題4 はじめて　ふねで　にほん**かい**を　わたりました。

1　開
2　階
3　回
4　海

普通話與日語⑥

長音 I 如普通話 ao、iu 或 ou 兩個母音相連，日語長音機會大；單母音如 a、e、i、u、o、ü 等的長音機會小。這個概念在考試，尤其在判斷長音 / 非長音的環節上，扮演著重要的角色，要注意！

ao：高（gao こう），好（hao こう），老（lao ろう）
iu：秋（qiu しゅう），就（jiu しゅう），休（xiu きゅう）
ou：週（zhou しゅう），楼（lou ろう），有（you ゆう）
但普通話 shou 如：手（しゅ），授（じゅ），寿（じゅ）等，其日語音讀均非長音。

題1　<u>先週</u>　デパートへ　かいものに　いきました。

1　せんしゅ 　　　　　　　　　2　せんしゅう

3　ぜんしゅ 　　　　　　　　　4　ぜんしゅう

題2　らいしゅうは　<u>祖父</u>と　<u>図書館</u>へ　いきます。

1　そふ / としょかん 　　　　　2　そうふ / としょうかん

3　そふ / とうしょかん 　　　　4　そうふ / とうしょうかん

題3　それは　ただではなくて　<u>有料</u>ですよ。

1　ゆりょ 　　　　　　　　　　2　ゆうりょ

3　ゆりょう 　　　　　　　　　4　ゆうりょう

題4　<u>授業</u>しているときは、ねてはいけませんよ。

1　じゅぎょ 　　　　　　　　　2　じゅぎょう

3　じゅうぎょ 　　　　　　　　4　じゅうぎょう

長音 II ｜ 如普通話拼音最後 ng 結束，日語就會變長音

---

1. ang：講（jiang こう），当（dang とう），糖（tang とう）
2. eng：藤（teng とう），能（neng のう），風（feng ふう）
3. ing：情（qing じょう），町（ding ちょう），名（ming めい）
4. ong：送（song そう），用（yong よう），紅（hong こう）

題1 このみせは 弁当が やすくて おいしい。

1 へんとう   2 へんどう
3 べんとう   4 べんどう

題2 だいがくで 経済を 専攻して います。

1 けざい / せんこ   2 けざい / せんこう
3 けいざい / せんこ   4 けいざい / せんこう

題3 じんせいの なかで、友情が いちばん たいせつだと おもう。

1 ゆうじょう   2 ゆうじょ
3 ゆじょう   4 ゆじょ

題4 にほんの 東北地方に いったことが ありますか？

1 とほくちほ   2 とうほくちほう
3 とほうくちほう   4 とうほくちほ

普通話與日語⑧

長音 III ei 多數，ee 少數；ei 多漢語音讀，ee 多感嘆詞

長音「え」只在「え」、「ね」、「へ」後出現，且數目極少。其他一般都是長音「い」，如下圖：

段	ei（＋い）	ee（＋え）	段	ei（＋い）	ee（＋え）
え	えい（英，映 etc.）	ええ	で	でい（泥 etc.）	×
け	けい（経，計 etc.）	×	ね	ねい（寧 etc.）	ねえ おねえさん
げ	げい（芸，迎 etc.）	×			
せ	せい（成，清 etc.）	×	へ	へい（弊，兵 etc.）	へえ
ぜ	ぜい（税，贅 etc.）	×	め	めい（名，明 etc.）	×
て	てい（庭，停 etc.）	×	れ	れい（例，礼 etc.）	×

題1 これは　どこの　<u>映画</u>ですか。

1　ええか　　　　　　　　　2　えいか

3　ええが　　　　　　　　　4　えいが

題2 <u>平成</u> 31 ねんは　<u>令和</u>　がんねんです。

1　へえせえ / れいわ　　　　2　へいせい / ねいわ

3　へいせい / れいわ　　　　4　へえせえ / ねいわ

題3 これは　やまださんの　お<u>姉</u>さんがくれた　プレゼントです。

1　ねえ　　　　　　　　　　2　ねい

3　れい　　　　　　　　　　4　れえ

題4 あのひとは　<u>ぜい</u>たくな　<u>せい</u>かつを　おくって　います。

1　勢　　　　　　　　　　　2　税

3　制　　　　　　　　　　　4　贅

普通話與日語⑨

長音 IV　ou 多數，oo 少數；ou 多漢語音讀，oo 多訓讀

長音「お」只在「お」「こ」「と」「ほ」後出現，其他一般都是長音「う」，
如下圖：

段	ou（＋う）	oo（＋お）
お	おう（王，央 etc.）	おおきい（大きい）
こ	こう（高，校 etc.）	こおり（氷）
ご	ごう（号，豪 etc.）	×
そ	そう（送，相 etc.）	×
ぞ	ぞう（増，像 etc.）	×
と	とう（東，糖 etc.） ***父（とう）さん	とお（十），とおい（遠い），とおる（通る）
ど	どう（同，動 etc.）	×
の	のう（能，農 etc.）	×
ほ	ほう（方，報 etc.）	ほお（頬）
ぼう	ぼう（帽，防 etc.）	×
も	もう（毛 etc.）	×
よ	よう（用，陽 etc.）	×
ろ	ろう（労，老 etc.）	×

題1　高校じだいは　なつかしいなあ。

1　ごうご　　　　　　2　ごうごう　　　　　3　こうこ　　　　　4　こうこう

題2　このけんは　かちょうと　相談して　ください。

1　そおたん　　　　　2　そうたん　　　　　3　そおだん　　　　　4　そうだん

題3　お父さんは　大阪で　はたらいて　います。

1　とう/おうさか　　2　とお/おうさか　　3　とう/おおさか　　4　とお/おうさか

題4　もしようじが　なかったら、あした　いっしょに　どうぶつえんに　いきませんか。

1　要/働　　　　　　2　用/動　　　　　　3　用/働　　　　　　4　要/動

普通話與日語⑩

長音 IV お段拗音後（漢語音讀拗音）的長音一定是 ou

「きょお」、「しょお」等的長音形態是不存在的，如下圖：

段	ou（＋う）	oo（＋お）	段	ou（＋う）	oo（＋お）
きょ	きょう（教，京 etc.）	×	ちょ	ちょう（長，丁 etc.）	×
ぎょ	ぎょう（行，業 etc.）	×	にょ	にょう（尿 etc.）	×
しょ	しょう（小，賞 etc.）	×	ひょ	ひょう（表，評 etc.）	×
じょ	じょう（丈，城 etc.）	×	びょ	びょう（病，秒 etc.）	×
			みょ	みょう（妙 etc.）	×

題1 **寮**から　がっこうまで　どのくらい　かかりますか。

1　ちょう　　　　2　りょう　　　　3　ひょう　　　　4　にょう

題2 **教**かいの　ひとたちと　いっしょに　おおさか**城**へ　いきます。

1　きょう / じょう　　　　　　　　2　みょう / ぴょう

3　しょう / びょう　　　　　　　　4　ちょう / ぎょう

題3 これは　なかなか　<u>じょうぶな</u>　たてものですね。

1　犬夫　　　　2　丈夫　　　　3　大夫　　　　4　太夫

題4 しあいに　かったので、<u>しょうきん</u>を　もらいました。

1　商金　　　　2　賞金　　　　3　賞銀　　　　4　商銀

15 ｈ行變音

「ん」or「っ」後的「はひつへほ」變「ぱぴぷぺぽ」機會率高。

一般出現於以下情況：

1.「ん」後的「ぱぴぷぺぽ」

Ⅰ 乾（かん）＋杯（はい）→乾杯（かんぱい）

Ⅱ 三（さん）＋分（ふん）→三分（さんぷん，如「十時三分」；但如果是表示 1/3 的「三分の一」時，則是例外的さんぶん）

Ⅲ 散（さん）＋歩（ほ）→散歩（さんぽ）

2.「っ」後的「ぱぴぷぺぽ」

Ⅰ 失（しっ）＋敗（はい）→失敗（しっぱい）

Ⅱ 月（がっ）＋日（ひ）→月日（がっぴ）

Ⅲ 切（きっ）＋符（ふ）→切符（きっぷ）

但當「何」後接 ｈ 行量詞如「杯」「匹」「本」時，後者則傾向變成子音 ｂ，即「何杯」、「何匹」和「何本」等。

題1 いがくは まいにち 進歩して います。

1 しんほ 　　　2 しんぽ 　　　3 しんほう 　　　4 しんぽう

題2 ゆうべ おさけを 一杯 のみました。

1 いちはい 　　2 いちぱい 　　3 いっはい 　　4 いっぱい

題3 あのきんぱつの せんせいは うたを うたって います。

1 金髪 　　　2 金持 　　　3 金八 　　　4 金曜

題4 べっぷの しゅっぱんしゃから れんらくが あった。

1 別府 / 出張 　　2 別人 / 出版 　　3 別人 / 出張 　　4 別府 / 出版

第二部分

語彙拔萃

出題範圍	出題頻率
甲類：言語知識（文字・語彙）	
問題 1　漢字音讀訓讀	✓
問題 2　平假片假標記	✓
問題 3　前後文脈判斷	✓
問題 4　同義異語演繹	✓
乙類：言語知識（文法）・讀解	
問題 1　文法形式應用	
問題 2　正確句子排列	
問題 3　文章前後呼應	
問題 4　短文內容理解	
問題 5　長文內容理解	
問題 6　圖片情報搜索	
丙類：聽解	
問題 1　圖畫情景對答	
問題 2　即時情景對答	
問題 3　圖畫綜合題	
問題 4　文字綜合題	

JPLT

N5

16 方向詞

東、南、西、北、上、下、左、右、前、後、中、内、外、間、奥
<small>ひがし　みなみ　にし　きた　うえ　した　ひだり　みぎ　まえ　うしろ　なか　うち　そと　あいだ　おく</small>

題1　かばんは　<u>外</u>に　あります。

1　うち　　　　　2　なか

3　そと　　　　　4　おく

題2　ぎんこうと　スーパーの　<u>あいだに</u>　ほそい　みちが　あります。

1　隣　　　　　　2　中

3　傍　　　　　　4　間

題3　まいにち　たいようは　＿＿＿＿＿から　のぼります。

1　ひがし　　　　2　みなみ

3　にし　　　　　4　きた

題4　わたしのうちは　さんがいです。うえは　たなかさんの　うちです。した
　　は　さとうさんの　うちです。

1　たなかさんの　うちは　さんがいです。

2　たなかさんの　うちは　にかいです。

3　さとうさんの　うちは　にかいです。

4　さとうさんの　うちは　さんがいです。

<ruby>春<rt>はる</rt></ruby>、<ruby>夏<rt>なつ</rt></ruby>、<ruby>秋<rt>あき</rt></ruby>、<ruby>冬<rt>ふゆ</rt></ruby>、<ruby>晴れ<rt>は</rt></ruby>、<ruby>曇り<rt>くも</rt></ruby>、<ruby>風<rt>かぜ</rt></ruby>、<ruby>雨<rt>あめ</rt></ruby>、<ruby>雪<rt>ゆき</rt></ruby>、<ruby>山<rt>やま</rt></ruby>、<ruby>川<rt>かわ</rt></ruby>、<ruby>海<rt>うみ</rt></ruby>、<ruby>空<rt>そら</rt></ruby>、<ruby>島<rt>しま</rt></ruby>

題1　あしたの　てんきは　<u>曇り</u>でしょう。

1　つもり　　　　2　つすり

3　くもり　　　　4　くすり

題2　とりは　＿＿＿＿＿を　じゆうに　とぶことが　できます。

1　かわ　　　　2　そら

3　やま　　　　4　うみ

題3　にほんの　ふゆは　やはり＿＿＿＿＿です。しろくて　きれい　ですね。

1　かぜ　　　　2　ゆき

3　あめ　　　　4　しま

題4　いまは　あきです。

1　まえの　きせつは　なつです。

2　まえの　きせつは　ふゆです。

3　つぎの　きせつは　はるです。

4　つぎの　きせつも　あきです。

赤い、青い、黄色い、白い、黒い、茶色い、緑、紫、金、銀、オレンジ、
ピンク

題1 ながのは 緑がおおい ところですね。

1 ちゃいろ   2 しろ

3 みどり   4 あお

題2 すみません、あのおれんじの かさを みせて ください。

1 オレンジ   2 カルソジ

3 オレツジ   4 カルシジ

題3 あれは しんごう *** ですから、

1 しろくて みどり です。

2 あかくて ちゃいろい です。

3 しろくて ちゃいろい です。

4 あかくて みどり です。

*** 請參考答案解釋！

題4 しあいで いちばんに なりましたから、

1 きんメダルを もらいました。

2 ぎんメダルを もらいました。

3 ピンクメダルを もらいました。

4 むらさきメダルを もらいました。

数字詞

> 一つ、二つ、三つ、四つ、五つ、六つ、七つ、八つ、九つ、十、百（ひゃく：
> 24579；びゃく：3；ぴゃく：68）、千（ぜん：3，其他數字せん）、万

題1　りんごを　3つと　みかんを　5つ　ください。

1　よっつ / ここのつ　　　　　2　みっつ / いつつ

3　ひとつ / やっつ　　　　　　4　むっつ / ふたつ

題2　ぜんぶで　800えんに　なります。

1　はっぴゃく　　　　　　　　2　はちぴゃく

3　はっひゃく　　　　　　　　4　はちひゃく

題3　わたしの　かぞくは　りょうしんと　あにが　ふたりと　いもうとが　ひ

　　　とり　います。

1　わたしの　かぞくは　よにんです。

2　わたしの　かぞくは　ごにんです。

3　わたしの　かぞくは　ろくにんです。

4　わたしの　かぞくは　ななにんです。

題4　このふくは　にまんえんでしたが、にじゅう　パーセントオフ（にわりび

　　　き）で

1　いちまん　ろくせんえんに　なりました。

2　いちまん　きゅうせんえんに　なりました。

3　さんぜんえん　やすく　なりました。

4　ごせんえん　やすく　なりました。

量詞

本、枚、台、回、階、匹、杯、冊、歳、番、円、人（一人、二人）

題1　三回　きょうとに　いったことが　あります。

1　さんかい　　　2　さんたい

3　さんがい　　　4　さんだい

題2　すみません、ビールを　2 _____　ください。

1　まい　　　　　2　さつ

3　だい　　　　　4　ほん

題3　わたしは　かれしに　しゃつを　いちまい　あげました。

1　ツャツ　　　　2　シャシ

3　ツャシ　　　　4　シャツ

題4　どうぶつえんに　はいるとき、おとなは　ひとりで　さんびゃくえん、こ
どもは　ひとりで　にひゃくえん　かかります。きょうは　おとなが　さ
んにんと　こどもが　よにん　ですから、

1　ぜんぶで　せんななひゃくえん　かかります。

2　ぜんぶで　せんきゅうひゃくえん　かかります。

3　ぜんぶで　にせんひゃくえん　かかります。

4　ぜんぶで　にせんさんびゃくえん　かかります。

朝、昼、夜、晩、今、先、今朝、一昨日、昨日、今日、明日、明後日、毎＋日
／朝／晩／週／月／年、先＋週／月、去年、今＋週／月、今年、来＋週／月
／年

題1 **一昨日は　せんせいの　たんじょうびでした。**

1　きょう　　　　　2　きのう

3　さき　　　　　　4　おととい

題2 **けさは　なにも　たべませんでした。**

1　昨夜　　　　　　2　今朝

3　昨日　　　　　　4　今晩

題3 **＿＿＿＿＿　ほっかいどうへ　いきたかった　です。**

1　まいとし　　　　2　らいげつ

3　きょねん　　　　4　あさって

題4 **おとうとは　ことし　はたちですから、**

1　きょねんは　じゅうはっさいでした。

2　きょねんは　にじゅうにっさいでした。

3　らいねんは　じゅうきゅうさいです。

4　らいねんは　にじゅういっさいです。

時間日子詞②

年、月（４月、９月）、曜日（日月火水木金土）、日（１日；日系：２日、３日、４日、５日、６日、７日、８日、９日、10日、１４日、20日、２４日；其餘為日系）、時（４時、９時）、分（ぷん：134680、ふん：2579）、年間、か月、週間、日間（１天為「一日」，其餘的日數和以上日系，日系一樣。２天是「２日間」、15天是「１５日間」等）、時間

題1 いまは　ごご　**4時6分**です。

1　よじ / ろくふん　　　　　　　2　よじ / ろっぷん

3　ようじ / ろくふん　　　　　　4　ようじ / ろっぷん

題2 ちゅうごくごの　テストは　**9月2日**です。

1　きゅうがつににち　　　　　　2　きゅうがつふつか

3　くがつににち　　　　　　　　4　くがつふつか

題3 **きのうは　すいようびでしたから、**

1　きょうは　かようびです。

2　きょうは　もくようびです。

3　あしたは　どようびです。

4　あしたは　にちようびです。

題4 **らいげつ　にしゅうかん　イギリスに　いきます。**

1　なのかかん　イギリスに　います。

2　とおかかん　イギリスに　います。

3　じゅうよっかかん　イギリスに　います。

4　はつかかん　イギリスに　います。

暑い（熱的）、寒い（【天氣】冷的）、冷たい（【東西】冷的）、高い（高的／貴的）、安い（便宜的）、大きい（大的）、小さい（小的）、長い（長的）、短い（短的）、甘い（甜的）、辛い（辣的）、新しい（新的）、古い（舊的）、早い（早的）／速い（快的）、遅い（晚的／遲的）、強い（強的）、弱い（弱的）、難しい（難的）、易しい（容易的）、優しい（溫柔的）、面白い（有趣的）、つまらない（無聊的）、忙しい（忙的）、素晴らしい（很棒的）、欲しい（想要的）、V たい（想 V 的）

題1 ぼくは 強い ひとに なりたい です。

1 はやい
2 よわい
3 ふるい
4 つよい

題2 まいにち 忙しい ですから、やすみが ほしい です。

1 あたらしい
2 すばらしい
3 むずかしい
4 いそがしい

題3 きょうは さんじゅうろくどですから、

1 あつい コーヒーが のみたい です。
2 さむい コーヒーが のみたい です。
3 つめたい コーヒーが のみたい です。
4 つまらない コーヒーが のみたい です。

題4 うちが せまい ですから、ひっこし したい です。

1 うちが ちいさい ですから、ひっこし したい です。
2 うちが とおい ですから、ひっこし したい です。
3 うちが ふべん ですから、ひっこし したい です。
4 うちが うるさい ですから、ひっこし したい です。

24 な形容詞

賑やかな（熱鬧的）、静かな（安靜的）、暇な（有空的）、親切な（親切的）、有名な（有名的）、簡単な（簡單的）、色々な＝様々な（各式各様的）、幸せな（幸福的）、元気な（精神的）、素敵な（很棒的）、完璧な（完美的）、大切な（重要的）、綺麗な（漂亮的 / 乾淨的）、好きな（喜歡的）、嫌いな（討厭的）、上手な（擅長的）、下手な（不擅長的）＝苦手な（不擅長的）、便利な（方便的）

題1 　じんせいで　いちばん　**大切な**　ものは　なんですか。

1　だいぜつ

2　たいぜつ

3　だいせつ

4　たいせつ

題2 　むかし　ここは　＿＿＿＿＿＿　でしたが、いまは　にぎやかに　なりました。

1　ひま

2　ゆうめい

3　しずか

4　かんたん

題3 　えいごの　テストは　ごじゅってんでしたが、フランスごの　テストは　ひゃくてんでした。

1　えいごは　フランスごより　じょうず　です。

2　えいごは　フランスごより　にがて　です。

3　フランスごは　えいごより　へた　です。

4　フランスごも　えいごも　にがて　ではありません。

題4 　あのひとは　あまり　しんせつ　じゃありません。

1　あのひとは　げんき　です。

2　あのひとは　ハンサム　です。

3　あのひとは　おもしろい　です。

4　あのひとは　つめたい　です。

ある（【非動物 / 昆蟲】有 / 在）、分かる（明白）、知る（知道）、なる（成爲 / 變得）、行く（去）、帰る（回去）、買う（買）、飲む（喝）、読む（閲讀）、聞く（聽 / 問）、書く（寫）、話す（說）、貸す（借出）、会う（見面）、乗る（乘坐）、立つ（站立）、座る（坐下）、働く（工作）、休む（休息）、履く（穿【下身的衣物】）、被る（戴帽）、降る（下雨）、消す（關電源 / 擦掉）、下さる（給我【敬語】）、もらう（得到）、いただく（得到【敬語】）、入る（進入）、出す（寄信 / 提交等）、遊ぶ（N で遊ぶ＝玩 N）

題1 きょうは さむい ですから、そとへ いくとき、コートを_____、ぼうしを_____ ください。

1 きて / はいて

2 つけて / かぶって

3 きて / かぶって

4 つけて / はいて

題2 あしたの ゆうがたに いしかわさんに _____。

1 あります

2 かえります

3 はたらきます

4 あいます

題3 わたしは さんまんえんが ありましたが、たなかさんに はちまんえんを かりて、すずきさんに ろくまんえんを かしました。

1 いま いちえんも ありません。

2 いま さんまんえんが あります。

3 いま ごまんえんが あります。

4 いま ななまんえんが あります。

題4 そとで あめが ざーざー ふって います。

1 あめが しずかに ふって います。

2 あめが ながいじかん ふって います。

3 あめが つよく ふって います。

4 あめが ふったり やんだり して います。

II 類動詞

いる（【動物 / 昆蟲】有 / 在）、できる（會 / 能夠）、起きる（起床）、見る（看）、浴びる（淋浴）、借りる（借入）、着る（穿【上身的衣物】）、降りる（下車）、食べる（吃）、寝る（睡覺）、教える（教）、覚える（記住）、忘れる（忘記）、付ける（戴首飾 / 開電源等）、かける（戴眼鏡 / 掛上等）、出かける（外出）、疲れる（疲倦）、開ける（開門 / 窗）、閉める（關門 / 窗）、あげる（送給其他人）、くれる（送給我）、入れる（放入）、出る（出來 / 離開等）

題1　きのうは　ゆうじんと　サッカーしたので、たのしかった　ですが、＿＿＿＿＿。

1　おぼえました　　　　　　　　2　でかけました

3　つかれました　　　　　　　　4　わすれました

題2　さむいときは　エアコンを＿＿＿＿、あついときは　＿＿＿＿＿　ください。

1　あけて / しめて　　　　　　　2　しめて / あけて

3　けして / つけて　　　　　　　4　つけて / けして

題3　だいがくの　ちかくに　デパートが　できました。

1　だいがくの　ちかくに　ゆうめいな　びよういんが　できました。

2　だいがくの　ちかくに　すてきな　レストランが　できました。

3　だいがくの　ちかくに　ひろい　びじゅつかんが　できました。

4　だいがくの　ちかくに　おおきい　みせが　できました。

題4　でかけるまえに　いつも　あびて　います。

1　でかけるまえに　いつも　ラジオを　ききます。

2　でかけるまえに　いつも　コーヒーを　のみます。

3　でかけるまえに　いつも　シャワーを　します。

4　でかけるまえに　いつも　ズボンを　はきます。

III 類動詞

来る、する、結婚（結婚。本爲名詞，後加する則變動詞，下同）、運転（開車）、散歩（散步）、旅行（旅行）、勉強（學習）、掃除（打掃）、電話（打電話）、予約（預約）、残業（加班）、入学（入學）、卒業（畢業）、入社（進公司）、出張（出差）、キャンセル（取消）、コピー（複印）

題1 あしたは ひま なので、てつだいに ＿＿＿＿＿よ。

1 こなくてもいいです　　　　　　　2 きいてください

3 こなければなりません　　　　　　4 きってください

題2 あには らいねん ＿＿＿＿するので、あたらしい かぞくが できます。

1 うんてん　　　　　　　　　　　　2 べんきょう

3 けっこん　　　　　　　　　　　　4 ざんぎょう

題3 やましたさんは あさって だいがくを そつぎょうします。

1 やましたさんは せんせいに 「おせわになりました」と いいます。

2 やましたさんは せんせいに 「ごちそうさまでした」と いいます。

3 やましたさんは せんせいに 「はじめまして」と いいます。

4 やましたさんは せんせいに 「かしてください」と いいます。

題4 ふゆやすみに りょうしんと りょこうします。

1 ふゆやすみに ちちと ははと りょこうします。

2 ふゆやすみに あねと おとうとと りょこうします。

3 ふゆやすみに せんせいと クラスメイトと りょこうします。

4 ふゆやすみに しゃちょうと ぶかと りょこうします。

副詞

よく（經常／很好）、いつも（經常）、時々（有時）、あまり（不太）、全然（完全不）、一番（最）、とても（非常）、かなり（頗）、少し（有點）、ちょっと（稍爲）、丁度（剛好）、もっと（更加）、たくさん（大量）、だんだん（逐漸）、そろそろ（就快）、もちろん（當然）、たぶん（可能）、もし（如果）、たとえ（即使）、すぎ（過了）

題1　**時々** むかしの ちゅうがっこうへ せんせいに あいに いきます。

1　じじ

2　しじ

3　どきどき

4　ときどき

題2　もうすぐ くじですね。＿＿＿＿＿ かえらなければなりません。

1　もっと

2　すこし

3　そろそろ

4　たくさん

題3　**きのうは じゅうじすぎに ねました。**

1　きのうは 9:55 に ねました。

2　きのうは 10:00 に ねました。

3　きのうは 10:05 に ねました。

4　きのうは ねませんでした。

題4　**ズボンは ちょっと おおきい ですが、シャツは ちょうど いい です。**

1　もっと おおきい ズボンと いまの シャツが いい です。

2　もっと ちいさい ズボンと いまの シャツが いい です。

3　いまの ズボンと もっと やすい シャツが いい です。

4　いまの ズボンと もっと みじかい シャツが いい です。

9 疑問詞

なに＝なん（什麼）、だれ（誰）、どこ（哪裏）、どうやって（怎樣）、なにで（用什麼工具）、どうして＝なんで（爲什麼）、どちら（哪一個【2個選擇＋可問人】/ 哪裏【禮貌型】）、どれ（哪一個【3個或以上的選擇＋不可問人】）、いくら（多少錢）、何（なん）＋量詞 ***（幾〜）

*** 量詞如階（かい、がい），本（ほん、ぼん、ぽん），杯（はい、ばい、ぱい），匹（ひき、びき、ぴき）均有超過 1 個的讀法，但前爲「3」和「何」時，一般讀濁音，即是子音 b（可參閱本書 **15** h 行變音）。此外，「なに」和「なん」的不同用法，可參照本書 **68** 變化多端的何（なに）VS 三項原理的何（なん）。）

題1 おうちで ねこを <u>何匹</u> かって いますか。

1 なんひき
2 なんびき
3 なんぴき
4 なにひき

題2 まいにち ＿＿＿＿＿で だいがくに きますか。

1 どうやって
2 どうして
3 だれ
4 なに

題3 **あのう、すみませんが、どちらさまでしょうか。**

1 あのう、すみませんが、どなたですか。
2 あのう、すみませんが、どこですか。
3 あのう、すみませんが、おいくつですか。
4 あのう、すみませんが、おいくらですか。

題4 **なんで こないの？**

1 ねだんを きく。
2 じゅうしょを きく。
3 じかんを きく。
4 りゆうを きく。

第三部分

助詞運用

出題範圍		出題頻率
甲類：言語知識（文字・語彙）		
問題 1	漢字音讀訓讀	
問題 2	平假片假標記	
問題 3	前後文脈判斷	
問題 4	同義異語演繹	
乙類：言語知識（文法）・讀解		
問題 1	文法形式應用	✓
問題 2	正確句子排列	
問題 3	文章前後呼應	
問題 4	短文內容理解	
問題 5	長文內容理解	
問題 6	圖片情報搜索	
丙類：聽解		
問題 1	圖畫情景對答	
問題 2	即時情景對答	
問題 3	圖畫綜合題	
問題 4	文字綜合題	

は用法①

1. 主題（or 大概念）的は

象<ruby>象<rt>ぞう</rt></ruby>は<ruby>鼻<rt>はな</rt></ruby>が<ruby>長<rt>なが</rt></ruby>い。（【當說起】象【這個主題】，牠的鼻子很長。）

2. 主題＋は＋疑問詞＝想知道的事情 / 資訊在は後

Q：<ruby>象<rt>ぞう</rt></ruby>は<ruby>どんな動物<rt>どうぶつ</rt></ruby>ですか？（象是一種**怎樣的動物**【想知道的事情 / 資訊】？）
A：<ruby>象<rt>ぞう</rt></ruby>は<ruby>大<rt>おお</rt></ruby>きい<ruby>動物<rt>どうぶつ</rt></ruby>です。（象是一種**很大的動物**【想知道的事情 / 資訊】。）

3. 比較的は

あの<ruby>象<rt>ぞう</rt></ruby>は<ruby>鼻<rt>はな</rt></ruby>は<ruby>長<rt>なが</rt></ruby>いですが、<ruby>足<rt>あし</rt></ruby>は<ruby>短<rt>みじか</rt></ruby>いです。（【當說起】那頭象【這個主題】，牠的**鼻子**【比較對象 A】很長，然而**腳**【比較對象 B】很短。）

4. 最起碼的は

あの<ruby>象<rt>ぞう</rt></ruby>は<ruby>一日<rt>いちにち</rt></ruby>に<ruby>一回<rt>いっかい</rt></ruby>は<ruby>水風呂<rt>みずぶろ</rt></ruby>に<ruby>入<rt>はい</rt></ruby>ります。（那頭象一天**最起碼**泡**一次**冷水浴。）

題1　Q：すみません、ABC ホテルは _____ ですか。
　　　A：<ruby>駅<rt>えき</rt></ruby>の　<ruby>後<rt>うし</rt></ruby>ろですよ。

1　どなた　　　　　2　どちら　　　　　3　どれくらい　　4　どうして

題2　わたしの　くに_____　かわ_____　おおい　です。

1　が / が　　　　　2　が / は　　　　　3　は / は　　　　4　は / が

題3　わたしは　<ruby>目<rt>め</rt></ruby>_____　<ruby>大<rt>おお</rt></ruby>きい　ですが、<ruby>鼻<rt>はな</rt></ruby>_____　<ruby>小<rt>ちい</rt></ruby>さい　です。

1　が / が　　　　　2　が / は　　　　　3　は / は　　　　4　は / が

題4　<ruby>彼女<rt>かのじょ</rt></ruby>は　ひらがなは_____　ですが、カタカナは　_____　です。

1　じょうず / へた　　　　　　　2　しずか / にぎやか

3　おいしい / まずい　　　　　　4　たかい / やすい

1 が用法①

1. 大概念（or 主題）是小概念（or 主語）が形容詞

佐藤さんは**日本語**が苦手です。（【當說起】佐藤先生【這個主題】，他不擅長日本語【主語】。）

2. 疑問詞＋が＝想知道的事情 / 資訊在が前

Q：**どれが**あなたのノートですか？（哪一個【想知道的事情 / 資訊】是你的筆記？）

A：**この青いノート**が私の【ノート】です。（這個藍色的筆記【想知道的事情 / 資訊】是我的筆記。）

3. O 與 V（V 是非意志動詞）或 O 與形容詞之間的が

I 今朝は**雨が降り**ました。（今天早上下【非意志動詞】了雨【O】。）

II 私は**新しいパソコンが欲しい**です。（我想要【形容詞】一台新的電腦【O】。）

題1　Q：＿＿＿＿　が　責任者ですか？

　　　A：陳さん【が責任者】です。

1　どの　　　　　　　　　　　2　だれ

3　どんな　　　　　　　　　　4　どれ

題2　私は　ペット＿＿＿＿　好き　ですから、犬＿＿＿＿　飼いたい　です。

1　が / が　　　　　　　　　　2　が / は

3　は / は　　　　　　　　　　4　は / が

題3 香港_____ 食べ物_____ 美味しい です。

1 が / が　　　　　　　　　　2 が / は

3 は / は　　　　　　　　　　4 は / が

題4 キムさんは イタリア語が すこし _____。

1 あります　　　　　　　　　2 分かります

3 好きます　　　　　　　　　4 知っています

4. 在假如 / 即使 / 之前 / 的時候 / 之後 etc.「從屬句」裏的が

I 明日雨が降ったら、試合は中止します。（假如明天下雨【從屬句】，比賽就終止！）

II 明日雪が降っても、試合は中止しません。（即使明天下雪【從屬句】，比賽也不中止！）

III 雨が降るまえに、帰りましょう。（下雨前【從屬句】回家吧！）

5. 排他性的が

私があなたを愛している。（愛你的人是我【而不是別人＝排他性的】。）

は與が的比較，可參照《3 天學完 N4 88 個合格關鍵技巧》 **28-30** は VS が ①～③。

題1 外＿＿＿＿ 静かに なったら、私＿＿＿＿ よく 勉強できます。

1 が / が   2 が / は

3 は / が   4 は / は

題2 日本で ＿＿＿＿が 一番 寒い ところです。

1 おおさか   2 ほっかいどう

3 きゅうしゅう   4 おきなわ

題3 コンサート＿＿＿＿ 終わってから、一緒に レストランで 食事しましょう。

1 で   2 に   3 は   4 が

題4 A：誰が 毎朝 部屋を 掃除して いますか？

B：私＿＿＿＿ 毎朝 部屋を 掃除して います。

1 が   2 も   3 は   4 より

1. O 與 V（V 是意志動詞）之間的を

三上<ruby>三上<rt>みかみ</rt></ruby>さんは<ruby>毎日<rt>まいにちしんぶん</rt></ruby>**<ruby>新聞<rt></rt></ruby>を<ruby>読<rt>よ</rt></ruby>みます**。（三上先生每天看【意志動詞】報紙【O】。）

2. 離開原來點的を

<ruby>彼女<rt>かのじょ</rt></ruby>は<ruby>五<rt>い</rt></ruby><ruby>分前<rt>ふんまえ</rt></ruby>に**<ruby>電車<rt>でんしゃ</rt></ruby>を<ruby>降<rt>お</rt></ruby>りました**。（她5分鐘前下了【離開】電車【原來點】。）

3. 橫過 / 到處移動的を

<ruby>私<rt>わたし</rt></ruby>は**<ruby>公園<rt>こうえん</rt></ruby>を<ruby>散歩<rt>さんぽ</rt></ruby>しています**。（我正在公園散步【橫過 / 到處移動】。）

題1 この<ruby>道<rt>みち</rt></ruby>_____ まっすぐに <ruby>行<rt>い</rt></ruby>くと、スーパー_____ あります。

1 が / が　　　　2 が / を

3 を / が　　　　4 を / を

題2 <ruby>私<rt>わたし</rt></ruby>は <ruby>毎朝<rt>まいあさ</rt></ruby> <ruby>九時<rt>くじ</rt></ruby>に <ruby>家<rt>いえ</rt></ruby>を _____。

1 かえります　　2 でます

3 います　　　　4 できます

題3 アメリカ<ruby>人<rt>じん</rt></ruby>は ナイフと フォーク_____ <ruby>肉<rt>にく</rt></ruby>_____ <ruby>食<rt>た</rt></ruby>べます。

1 ど / を　　　　2 を / は

3 で / が　　　　4 で / を

題4 <ruby>私<rt>わたし</rt></ruby>は カナダ_____ <ruby>音楽<rt>おんがく</rt></ruby>_____ <ruby>習<rt>なら</rt></ruby>い_____ <ruby>行<rt>い</rt></ruby>きました。

1 に / を / へ　　2 へ / を / に

3 で / が / に　　4 へ / が / に

4 に用法①

1. 指定時間的に

I 母は**8時半**に起きます。（媽媽在8時半【指定時間】起床。）

II 私は**クリスマス**に友達と遊びます。（在聖誕節【指定時間】我跟朋友一起玩。）

2. 動作接受者／發動者（對象）的に

I 私は**山口さん**に本をあげました。（我送了書給山口先生【動作接受者】。）

II 先生は**私**に中国語を教えてくれました。（老師教了我【動作接受者】中文。）

III 兄は**友達**にゲームをもらいました。（哥哥從朋友【動作發動者】那裏得到了遊戲。）

3. 目的的に

スーパーへ果物を**買い**に行きます。（去超市買水果【目的】。）

4. 對N（對象）的に

I タバコは**体**に悪いです。（香煙對身體【對象】不好。）

II **ギリシャ神話**に興味がある。（對希臘神話【對象】有興趣。）

題1 ＿＿＿＿に　パーティーに　行きたい　です。

1　けさ　　　　2　一昨日　　　　3　明日　　　　4　今年の誕生日

題2 私＿＿＿＿＿　先生＿＿＿＿＿　日本語を　習います。

1　に／は　　　　2　が／は　　　　3　は／に　　　　4　から／に

題3 公園へ　遊び＿＿＿＿　行きます。

1　で　　　　　　2　に　　　　　　3　へ　　　　　　4　を

題4 去年　オーストラリアへ　音楽を　勉強＿＿＿＿　行きました。

1　が　　　　　　2　へ　　　　　　3　に　　　　　　4　しに

5. 移動空間 / 存在空間的に

I **教室**に入ります。（進入教室【移動空間】。）
II **店**に人がいます。（店裏【存在空間】有人。）

6. 頻率的に

I **一年 / 一か月**に**三回**旅行します。（一年 / 一個月去三次【頻率】旅行。）
II 毎年 / 毎月三回旅行します。（每年 / 每個月去三次【頻率】旅行。）
「每」字後面**不加**に，即同樣意思的每年 / 每月後**沒有**に。

7. 變化的に

I 英語を**日本語**に翻訳してください。（請將英語翻譯成日文【英語→日文＝變化】。）
II **先生**になりました。（成為了老師【不是老師→老師＝變化】。）

題1　店＿＿＿＿　マスクが　ありません。

1　で　　　　　2　へ　　　　　3　が　　　　　4　に

題2　かばんに　携帯電話を　＿＿＿＿。

1　入れます　　2　入ります　　3　います　　　4　あります

題3　＿＿＿＿に　＿＿＿＿　スポーツを　します。

1　三回 / 一週間　2　一週間 / 三回　3　三回 / 毎週　4　毎週 / 三回

題4　来年から　サークルの先輩＿＿＿＿　なります。

1　へ　　　　　2　が　　　　　3　に　　　　　4　で

6 へ用法①

1. 往某個方向的へ

香港へ行きます。（往香港【方向】前進。）

2. 去某個方向的 / 給某個人的への名詞

I **兄への**パソコン。（給哥哥【給某個人的】的電腦。）
II **日本への車**は多いです。（去日本的【去某個方向的】車很多。）

日語中表示去某個地方的還有に（參考本書 **35** に用法②），但**沒有**「にの」！

III **香港へ**行きます。✓
IV **香港に**行きます。✓
V **日本にの車**は多いです。✗

題1 レポートを 書いてから 家_____ 帰ります。

1 で 　　　　　 2 へ 　　　　　 3 が 　　　　　 4 を

題2 今度の 日曜日に 友達が 私の 家_____ 来ます。

1 は 　　　　　 2 で 　　　　　 3 が 　　　　　 4 に

題3 韓国_____ 観光客は 多い です。

1 へ 　　　　　 2 で 　　　　　 3 への 　　　　　 4 から

題4 これは 母_____ 手紙です。

1 への 　　　　　 2 に 　　　　　 3 にの 　　　　　 4 は

37 で用法①

1. 工具 / 手段的で

妹は箸でラーメンを食べます。（妹妹用筷子【工具 / 手段】吃拉麵。）

2. 動作進行地方的で

私は**日本語学校**で日本語を勉強します。（我在日語學校【動作進行地方】學習日語。）

3. 範疇的で

先生は**甘い物（の中）**で何が一番好きですか。（老師在甜品中【範疇】最喜歡甚麼？）

題1　ボールペンで ＿＿＿＿＿。

1　買います　　　2　書きます　　　3　聞きます　　　4　食べます

題2　Q：今晩は ＿＿＿＿＿ 晩ご飯を 食べますか。

　　　A：ABC レストランで 晩ご飯を 食べます。

1　なにで　　　　2　どなた　　　　3　どこで　　　　4　すんで

題3　宮さんは ＿＿＿＿＿ 学校へ 行きます。

1　船を　　　　　2　バスに　　　　3　船と　　　　　4　バスで

題4　Q：この世界（の物の中）＿＿＿＿＿ 何が 一番 欲しい ですか。

　　　A：家族の 健康が 一番 欲しい です。

1　で　　　　　　2　は　　　　　　3　の　　　　　　4　を

4. 原因 N 的で

私(わたし)は病気(びょうき)で会社(かいしゃ)を休(やす)みました。（我因為生病【原因】而向公司請假。）

5. 材料（一部分原材料形態保留至最終製成品，如米飯→飯糰，木材→木屋）的で

ジュースは蜜柑(みかん)で作(つく)ります。（用橘子【材料】做果汁，而且橘子汁裏還保留很多果肉。）

6. 表示參與人數 / 物品數量（且多用於「數量で價錢」這種句式）的で

昨日(きのう)ひとりで / 二人(ふたり)でお酒(さけ)を飲(の)みましたが、お酒(さけ)は安(やす)くて2本(ほん)で100円(えん)でした。（昨日，一個人 / 兩人【參與人數】喝了酒，酒很便宜，2 瓶才 100 日圓。）

7. 表示所需金錢 / 時間的で

5000円(えん)で /3時間(じかん)で行(い)けますか。（用 5,000 円 / 花 3 個小時【所需金錢 / 時間】能去到嗎。）

但如果金錢 / 時間後面接著動詞「かかる」的話，則不需要加「で」。

題1　この料理(りょうり)は ＿＿＿＿ 作(つく)りますか。

1　何(なに)と　　　　2　何(なん)て　　　　3　何(なに)で　　　　4　何(なん)の

題2　先生(せんせい)の ＿＿＿＿ 日本語(にほんご)が だんだん 上手(じょうず)に なりました。

1　親切(しんせつ)で　　2　教(おし)えで　　3　勉強(べんきょう)で　　4　教(おし)えるで

題3　去年(きょねん)の クリスマスに 私(わたし)は ＿＿＿＿で 家(うち)で ご飯(はん)を 食(た)べました。

1　彼女(かのじょ)と　　2　ひとり　　3　寂(さび)しく　　4　ともだち

題4　果物(くだもの)と 野菜(やさい)＿＿＿＿ サラダを 作(つく)ります。

1　の　　　　　2　と　　　　　3　や　　　　　4　で

1. 自從的から

I 里奈ちゃんは**イギリスから**来ました。（里奈從英國【從某處】來了。）

II 毎日午前**10時**から午後5時まで働きます。（每天由上午10時【從某個時間】到下午5時工作。）

2. 因為的から

I 今日は**母の誕生日ですから**、母に素敵な靴を買いました。（【因為】今天是媽媽的生日，所以我買了一對很漂亮的鞋給她。）

II あの靴は**安い / 素敵だから**、買いたいです。（【因為】那對鞋很便宜 / 很漂亮，所以想買。）

因為的から前面一般是「丁寧型」或「普通型」。

3. 食材（食材形態不保留至最終製成品，如米→日本酒，大豆→豆腐）的から

ジュースは**蜜柑から**作ります。（用橘子【材料】做果汁，但橘子果肉已經不存在，只剩下果汁。）

参考本書 38 で用法② 5.。

題1 うるさい _____ 音楽を 消して ください。

1 まで　　　　2 より　　　　3 から　　　　4 です

題2 どこ_____ 来ましたか。

1 は　　　　2 まで　　　　3 で　　　　4 から

題3 佐藤さんは _____な人 ですから、彼と 友達に なりたい です。

1 寒い　　　2 面白い　　　3 親切　　　4 賑やか

題4 ワインはぶどう _____ 作られます。

1 から　　　　2 で　　　　3 まで　　　　4 に

⓪ より用法①

1. A 比 B 的より

新幹線は**車**より速いです。（新幹線【A】比車【B】快。）

2. 自従的より

I テストは**十時**より始まります。（測驗會從十時【從某個時間】開始。）

II 親戚は**日本**より来ました。（親戚從日本【從某處】來了。）

自従的より＝自従的から，但前者較傾向書面語。參考本書 39 から用法①。

題1 **都会は 田舎より _____ です。**

1 静か   2 広い

3 便利   4 不便

題2 **彼が ロンドンに いますから、わたしは てがみを イギリス_____ 送りました。**

1 に   2 から

3 で   4 より

題3 **答えを 下の 四つの 選択肢_____ 選んでください。**

1 を   2 より

3 で   4 も

題4 **十二時より 授業が 始まりますから、十二時_____は ありません。**

1 あと   2 に

3 まえ   4 から

41 も用法①

1. 也的も

わたしは広東語(かんとんご)ができます。**韓国語(かんこくご)も**できます。（我會廣東話。也會韓語。）

2. 全盤否定（なに、だれ、どこ等）的も

I 学校(がっこう)に**だれも**いません。（學校裏誰也【全盤否定】不在。）

II **どこも**行(い)きたくありません。（哪裏也【全盤否定】不想去。）

3. 竟然的も

この雨(あめ)は**四日(よっか)も**降(ふ)ってました。（這場雨竟然下了四天。）

題1 部屋(へや)が ひろくて、値段(ねだん)も _____ です。

1 せまい　　　　　　　　　　2 たかい

3 ひろい　　　　　　　　　　4 やすい

題2 わたしは お金(かね)が ありませんから、なに_____ 買(か)えません。

1 を　　　　　　　　　　　　2 も

3 に　　　　　　　　　　　　4 で

題3 彼女(かのじょ)の 車(くるま)は どれ_____ 分(わ)かりません。

1 は　　　　　　　　　　　　2 が

3 か　　　　　　　　　　　　4 も

題4 彼(かれ)は Line(ライン)の 友達(ともだち)が _____も _____。

1 だれか / いません　　　　　2 だれ / います

3 千人(せんにん) / いません　　4 千人(せんにん) / います

1. 和的と / や

I 机の上に桃と西瓜と林檎があります。（全部列舉：桌子上有桃、西瓜和蘋果【其他就沒有了】。）

II 机の上に桃や西瓜や林檎などがあります。（部分列舉：桌子上有桃、西瓜和蘋果等水果【還有其他】。）

2. 引用＋と＋動詞＝と前是引用的事情 / 資訊

I わたしはあの車が高いと思います。（我覺得那輛車很貴【引用的事情 / 資訊】。）

II 先生はあの車が高いと言いました。（老師說那輛車很貴【引用的事情 / 資訊】。）

3. 如果的と

I 秋になると、木のはっぱは赤くなります。（如果到了秋天的話，樹葉就會變紅。）

II シンデレラは 12 時までに家に帰らないと大変です。（如果灰姑娘 12:00 前不回家的話，那就會很糟糕。）

如果的と前面一般是「辞書型」或「ない型」。可參考《3 天學完 N4　88 個合格關鍵技巧》 64 四大「如果」的と / なら。

題1 　鳥＿＿＿＿　兎　などの　動物が　森の中に　住んでいます。

1　と

2　から

3　や

4　も

題2 コーヒー_____ ミルク　しか　買いませんでした。

1　から　　　　　　　　　　　2　と

3　も　　　　　　　　　　　　4　や

題3 私が　テストで　満点を　取りましたから、母は　_____と　言いました。

1　やすい　　　　　　　　　　2　すくない

3　やさしい　　　　　　　　　4　すばらしい

題4 勉強しない_____、成績が　悪く　なりますよ。

1　と　　　　　　　　　　　　2　かや

3　より　　　　　　　　　　　4　が

第四部分

文法比較

出題範圍	出題頻率
甲類：言語知識（文字・語彙）	
問題 1　漢字音讀訓讀	
問題 2　平假片假標記	
問題 3　前後文脈判斷	✓
問題 4　同義異語演繹	✓
乙類：言語知識（文法）・讀解	
問題 1　文法形式應用	✓
問題 2　正確句子排列	✓
問題 3　文章前後呼應	✓
問題 4　短文內容理解	
問題 5　長文內容理解	
問題 6　圖片情報搜索	
丙類：聽解	
問題 1　圖畫情景對答	
問題 2　即時情景對答	
問題 3　圖畫綜合題	
問題 4　文字綜合題	

JPLT

N5

Ⅰ 類動詞	例子
Ⅰa（〜**し**＋ます）	話<ruby>はな</ruby>します、貸<ruby>か</ruby>します、消<ruby>け</ruby>します 作為初階記憶法，可記著 Ⅰa 動詞多為「1 個漢字 + **し**」（如「話<ruby>はな</ruby>**し**」、「貸<ruby>か</ruby>**し**」、「消<ruby>け</ruby>**し**」且一般為**訓讀**）＋ます」，但亦有如「貸<ruby>か</ruby>し出<ruby>だ</ruby>します」或「乗<ruby>の</ruby>り越<ruby>こ</ruby>**し**ます」等多於 1 個漢字的例子。
Ⅰb（〜**き/ぎ**＋ます）	書<ruby>か</ruby>きます、急<ruby>いそ</ruby>ぎます、行<ruby>い</ruby>きます
Ⅰc（〜**いちり**＋ます）	買<ruby>か</ruby>います、待<ruby>ま</ruby>ちます、帰<ruby>かえ</ruby>ります ***「**いちり**」：可以「一里<ruby>いちり</ruby>」（一公里）來記憶。
Ⅰd（〜**みにび**＋ます）	読<ruby>よ</ruby>みます、死<ruby>し</ruby>にます、遊<ruby>あそ</ruby>びます 「**みにび**」：可以 mini bee（小蜜蜂）來記憶。另外，Ⅰd 動詞中，只有一個「〜**に**ます」的形態、即「死<ruby>し</ruby>にます」，因日本人覺得死是獨一無二的動詞，無其他詞可比擬。

Ⅱ 類動詞	例子
Ⅱa，其學術名稱為「上一段動詞」，亦稱「不規則動詞」。	います、**でき**ます、起<ruby>お</ruby>きます、見<ruby>み</ruby>ます、浴<ruby>あ</ruby>びます、借<ruby>か</ruby>ります、着<ruby>き</ruby>ます、足<ruby>た</ruby>ります、過<ruby>す</ruby>ぎます、降<ruby>お</ruby>ります *** 初階時可用故事風記著 10 個比較常用的 Ⅱa 動詞：從前有（1. **います**）個人叫せんせい，他會（2. **できます**）日語，早上起床（3. 起<ruby>お</ruby>**きます**）後，他看（4. 見<ruby>み</ruby>**ます**）了一會電視再洗澡（5. 浴<ruby>あ</ruby>**びます**，淋浴），然後借（6. 借<ruby>か</ruby>**ります**）他弟弟的衣服來穿（7. 着<ruby>き</ruby>**ます**）。因為家裏不夠（8. 足<ruby>た</ruby>**りません**）食物，他打算坐 JR 去東京買，但過了（9. 過<ruby>す</ruby>**ぎます**）東京站才下車（10. 降<ruby>お</ruby>**ります**）。 第二個關於 Ⅱa 動詞的故事可參考《3 天學完 N4 88 個合格關鍵技巧》**22** 20 個 Ⅱa 動詞（上一段動詞）的記憶方法：2 個故事

II 類動詞	例子
IIb（**え段**＋ます），其學術名稱為「下一段動詞」	寝_ねます、食_たべます、教_{おし}**え**ます

III 類動詞		例子
IIIa（N を**します**）	III 類動詞，其學術名稱為「カサ行」。	宿題_{しゅくだい}を**します**、サッカーを**します**、花見_{はなみ}を**します**
IIIb（2 漢字＋**します**）		結婚_{けっこん}**します**、散歩_{さんぽ}**します**、旅行_{りょこう}**します** 初階時可用「1 個漢字多訓讀」 VS 「2 個漢字多音讀」來比較 Ia 和 IIIb。
IIIc（カタカナ＋**します**）		コピー**します**、スキー**します**、キャンセル**します**
IIId（**来_きます**）		来_きます、持_もって**来_きます**、連_つれて**来_きます**

Step 2　進行各種て / た型變化（因て / た型規律一樣，以下只展示て型變化，讀者只需將て轉た就可以變た型）

定律	て / た型變化
定律①：Ia、所有 2 類、所有 3 類「ます」→「**て / た**」	話_{はな}し**ます**、起_おき**ます**、食_たべ**ます**、**します**、結婚_{けっこん}**します**、コピー**します**、**来_きます** →話_{はな}し**て**、起_おき**て**、食_たべ**て**、**して**、結婚_{けっこん}**して**、コピー**して**、**来_きて**
定律②：Ib「**き / ぎ**＋ます」→「**いて・いで / いた・いだ**」	書_かき**ます**、急_{いそ}ぎ**ます**→書_か**いて**、急_{いそ}**いで** 「急_{いそ}ぎ」、「泳_{およ}ぎ」等在變化後繼續保留濁音特質→「**いで**」。
定律③：Ic「**いちり**＋ます」→「**って / った**」	買_か**います**、待_ま**ちます**、帰_{かえ}**ります**、(Ib) 行_いき**ます**→買_か**って**、待_ま**って**、帰_{かえ}**って**、行_い**って** 「行_いき**ます**」：擁有 Ib 的形態，但て / た型變化定律和 Ic 一樣。

定律	て / た型變化
定律④：Id「みにび＋ます」→「んで／んだ」	読みます、死にます、遊びます→読んで、死んで、遊んで

題1　もし　あたまが　いたかったら、このくすりを　＿＿＿＿＿。

1　たべてください　　　　　　　2　いれてください

3　すってください　　　　　　　4　のんでください

題2　まだ　レポートを　＿＿＿＿＿から、はやく　うちへ　かえらなければなりません。

1　かきましょう　　　　　　　　2　かいています

3　かいていない　　　　　　　　4　かかないで

題3　風船が　＿＿＿＿＿　＿＿＿＿＿　★　＿＿＿＿＿　。

1　います　　　　　2　だんだん　　　3　小さく　　　　4　なって

題4　はじめまして、キムと　申します。日本の　映画に　興味が　あって、日本へ　日本語の　勉強に　きました。 **1** が、家内と　三人の子供と　東京の　池袋に　住んでいます。暇なときは　うまに **2** 、子供とサッカーを **2** します。これから、どうぞ　よろしく　お願いします。

1

1　結婚しています　　　　　　　2　結婚したかったです

3　結婚していません　　　　　　4　結婚したら

2

1　のったり／しだり　　　　　　2　のったり／したり

3　のんだり／しだり　　　　　　4　のんだり／したり

4 動詞 / 形容詞 / 名詞的丁寧型 VS 普通型

I 類動詞丁寧型	普通型
①行きます	ます和前面第 2 行假名→第 3 行＝行く
②行きません	ません和前面第 2 行假名→第 1 行＋ない＝行かない
③行きました	て / た型變化（參考本書 **43** ）＝行った
④行きませんでした	ませんでした和前面第 2 行假名→第 1 行＋なかった ＝行かなかった 亦可理解為②的い→かった

II 類動詞丁寧型	普通型
①起きます	ます→る＝起きる
②起きません	ません→ない＝起きない
③起きました	て / た型變化（參考本書 **43** ）＝起きた
④起きませんでした	ませんでした→なかった＝起きなかった 亦可理解為②的い→かった

III 類動詞丁寧型	普通型
①します / 来ます	する / 来る
②しません / 来ません	しない / 来ない
③しました / 来ました	て / た型變化（參考本書 **43** ）= した / きた
④しませんでした / 来ませんでした	ませんでした→なかった = しなかった / 来なかった 亦可理解為②的い→かった

な形容詞 / 名詞丁寧型	普通型
①綺麗<ruby>綺麗<rt>きれい</rt></ruby>です / <ruby>大学<rt>だいがく</rt></ruby>です	です→**だ**＝<ruby>綺麗<rt>きれい</rt></ruby>**だ** / <ruby>大学<rt>だいがく</rt></ruby>**だ**（但對應後接不同的文法，「な形 / 名 + だ」會變「な形 / 名 + な」甚至不用加だ或な。）
②<ruby>綺麗<rt>きれい</rt></ruby>じゃ（では）**ありません** / <ruby>大学<rt>だいがく</rt></ruby>じゃ（では）**ありません**	ありません→**ない**＝<ruby>綺麗<rt>きれい</rt></ruby>じゃ（では）**ない** / <ruby>大学<rt>だいがく</rt></ruby>じゃ（では）**ない**
③<ruby>綺麗<rt>きれい</rt></ruby>でした / <ruby>大学<rt>だいがく</rt></ruby>でした	でした→**だった**＝<ruby>綺麗<rt>きれい</rt></ruby>**だった** / <ruby>大学<rt>だいがく</rt></ruby>**だった**
④<ruby>綺麗<rt>きれい</rt></ruby>じゃ（では）**ありませんでした** / <ruby>大学<rt>だいがく</rt></ruby>じゃ（では）**ありませんでした**	ありませんでした→**なかった**＝<ruby>綺麗<rt>きれい</rt></ruby>じゃ（では）**なかった** / <ruby>大学<rt>だいがく</rt></ruby>じゃ（では）**なかった** 亦可理解為②的**い**→**かった**

い形容詞丁寧型	普通型
①<ruby>美<rt>うつく</rt></ruby>しいです	刪除~~です~~＝<ruby>美<rt>うつく</rt></ruby>しい
②<ruby>美<rt>うつく</rt></ruby>しくないです *** 亦有「<ruby>美<rt>うつく</rt></ruby>しく**ありません**」這種強調的說法	刪除~~です~~＝<ruby>美<rt>うつく</rt></ruby>しくない 「ありません」→**ない**＝<ruby>美<rt>うつく</rt></ruby>しく**ない**
③<ruby>美<rt>うつく</rt></ruby>しかったです	刪除~~です~~＝<ruby>美<rt>うつく</rt></ruby>しかった
④<ruby>美<rt>うつく</rt></ruby>しくなかったです 亦有「<ruby>美<rt>うつく</rt></ruby>しく**ありませんでした**」這種強調的說法	刪除~~です~~＝<ruby>美<rt>うつく</rt></ruby>しくなかった 「ありませんでした」→**なかった**＝<ruby>美<rt>うつく</rt></ruby>しく**なかった** 亦可理解為② *** 的**い**→**かった**

題1 携帯電話を 見ながら 食事し_____。目に 良くないよ。

1 ないでね
2 なかったら
3 なくても
4 なければ

題2 この シャツは あまり _____ね。

1 たかい
2 たかいじゃない
3 たかいない
4 たかくありません

題3 せんせい _____ _____ ★ _____ から がっこうを でた。

1 かえして
2 かりた
3 から
4 かさを

題4 私は チョコレートが 大好き です。 **1** 日が ないです。それから、おさけも よく 飲みます。特に 肉料理と 一緒に **2** が 一番 幸せだと 思います。お酒は 体に 悪いと 友人が よく **3**、私は そうは 思いません。皆さんも お酒が 好き ですか?

1
1 食べている
2 食べたい
3 食べる
4 食べない

2
1 頂いているとき
2 頂くまえ
3 頂いたから
4 頂こうか

3
1 言う ことが できますが
2 言った ことが ありますが
3 言って いませんが
4 言っていますが

「お」後「訓讀」或「い形容詞」機會率高

1. 訓讀

I お金（かね），II お水（みず），III お手洗い（てあらい）

2. い形容詞

I お暑（あつ）い，II お美（うつく）しい，III お高（たか）い

3. 生活氣息濃厚的「音讀」

I お肉（にく），II お茶（ちゃ），III お電話（でんわ），IV お食事（しょくじ），V お化粧（けしょう），VI お勉強（べんきょう），VII お元気（げんき）

題1 今日（きょう）は お＿＿＿＿＿＿が ありますか。

1 用事（ようじ）　　2 時間（じかん）　　3 宿題（しゅくだい）　　4 レッスン

題2 田中（たなか）さんは 毎朝（まいあさ） 9時（じ）＿＿＿＿ ＿＿＿＿ ＿★＿ ＿＿＿＿ をします。

1 お仕事（しごと）　　2 まで　　3 から　　4 ゆうがた 6時（じ）

題3 今（いま） ＿＿＿＿ ＿＿＿＿ ＿★＿ ＿＿＿＿は 大山（おおやま）さんです。お美しい 方（かた）ですね。

1 している　　2 お手洗いで（てあら）　　3 お化粧を（けしょう）　　4 女の人（おんな ひと）

題4 世の中（よ なか）で お金（かね）が 一番（いちばん） 大切（たいせつ）だ と思う（おも）。お金（かね）が **1** なにも 買う（か） ことが できない。今（いま） 一番（いちばん） **2** ものは 車（くるま）だ。車（くるま）があれば、毎日（まいにち） 早く（はや） 学校（がっこう）や アルバイト先（さき）に 着く（つ） ことが **3** からだ。それに、かっこういい！やっぱり 車（くるま）が ほしい。

1　1 あっても　　2 なくても　　3 なかったら　　4 あったら

2　1 買いたい（か）　　2 買い欲しい（か ほ）　　3 買った（か）　　4 買う（か）

3　1 できる　　2 ある　　3 いる　　4 する

「ご」後「音讀」或「な形容詞」機會率高

1. 音讀

I ご卒業（そつぎょう），II ご結婚（けっこん），III ご主人（しゅじん），IV ご家庭（かてい），V ご意見（いけん），VI ご説明（せつめい）

2. な形容詞

I ご立派（りっぱ），II ご謙遜（けんそん）

如果後面的第一個字是「入」的話，則不論生活氣息濃淡與否，基本上ご佔壓倒性的優勢：

I ご入会（にゅうかい），II ご入居（にゅうきょ），III ご入社（にゅうしゃ），IV ご入学（にゅうがく），V ご入金（にゅうきん），VI ご入浴（にゅうよく）

題1 ご卒業 ＿＿＿＿＿。

1　ざんねんですね　　　　　　　2　おねがいします

3　おめでとうございます　　　　4　おあがりください

題2 詳しい ＿＿＿＿ ＿＿＿＿。 ★ ＿＿＿＿ なりました。

1　大変　　　　2　ご説明　　　　3　勉強に　　　　4　ありがとうございます

題3 「ピラミッド」 ＿＿＿＿ ＿＿＿＿ ★ ＿＿＿＿ いますか。

1　たてものを　　2　ごりっぱな　　3　しって　　　　4　という

題4 先週、私は　友人の石川さんと　そのご家族と　一緒に　富士山に　**1**　。3時間 **2** ゆっくりと　山の景色を　みた。その後、山の下 **3** ある　レストラン **3** 昼ご飯を　食べた。そこで　はじめて　「足湯」というものに挑戦した。なかなか　気持ちが　よかった。

1　1　のんだ　　　2　のりかえた　　3　のぼった　　4　のった

2　1　とても　　　2　しか　　　　　3　ぐらい　　　4　だいたい

3　1　で / に　　　2　で / で　　　　3　に / に　　　4　に / で

表示感嘆、徵求、同意的ね VS 提出反對 / 新資訊的よ VS 不太有自信的よね

1. 表示感嘆和同意的ね

田中： いいお天気ですね。（天氣真好呀！同意嗎？）
伊藤： そうですね。暖かいです**ね**。（對啊，很暖和啊！）

2. 提出反對 / 新資訊的よ

田中： いいお天気ですね。（天氣真好！同意嗎？）
伊藤： そうですか↗。ちょっと寒いです**よ**。（是嗎？我覺得有點冷耶！）

3. 不太有自信的よね

田中： ここにノートがあった**よね**？（這裏放了一本筆記本吧，如果我沒記錯的話……）
伊藤： そうそう、でも昨日捨てたよ。（是的，但昨天我扔掉了，你不知道嗎？→新資訊）

題1　はじめて　琵琶湖に　来ました。綺麗な湖です_____！

1　よね　　　　　　　　　　　　2　ね

3　か　　　　　　　　　　　　　4　が

題2　あの人は　ずっと　広東語で　_____　_____　★　_____　だよね。

1　から　　　　　　　　　　　　2　たぶん

3　はなしている　　　　　　　　4　ホンコンじん

題3 あしたは ＿＿＿ ＿＿＿ ★ ＿＿＿ よ。いまから べんきょうし

ないと……

1 じゃなくて　　　　　　　　2 パーティー

3 しけん　　　　　　　　　　4 だ

題4 田中：昨日のお店、 1 ね。

伊藤：そうかな、あたしは 全然 美味しくなかったと 思う 2 。そし

て、安くなかった 3 ？

田中：そうだったね、二人で 50,000 円だった……

1

1 美味しいでした　2 美味しい　　3 美味しかった　　4 美味しいかった

2

1 かな　　　　　　2 よ　　　　　3 ね　　　　　　　4 から

3

1 でしょう　　　　2 でした　　　3 ですか　　　　　4 ではない

48 ▶ 禮貌邀請對方的ませんか VS 提出協助對方的ましょうか VS 大力呼籲 / 答應的ましょう

1. 禮貌邀請對方的ませんか

田中： 伊藤さん、一緒に東京に行き**ませんか**？（伊藤小姐，一起去東京好嗎？）

伊藤： すみません、ちょっと……。（不好意思，我有點不方便……。）

2. 提出協助對方的ましょうか

田中： 来週は暇ですから、私が東京に行き**ましょうか**？（下周我有空，我替你去東京吧！）

伊藤： じゃ、お願いします。（那，要麻煩你啦！）

3. 大力呼籲 / 答應的ましょう

田中： 伊藤君、一緒にお酒を飲み**ましょう**！（伊藤君，一起喝酒吧！）

伊藤： ええ、課長、一緒に飲み**ましょう**！（好呀，課長、一起酒吧！）

題1 田中先生、今度 一緒に ＿＿＿＿＿。

1 お花見します　　　　　　　　　2 お花見しましょう

3 お花見しませんか　　　　　　　4 お花見しましょうか

題2 今度の休みは ぼくの ＿＿＿＿＿ ＿＿＿＿＿ ＿★＿ ＿＿＿＿か。

1 みに　　　　　　　　　　2 うちに

3 えいがを　　　　　　　　4 きません

題3 上田さんは 今日 あまり 時間が ないですよね。＿＿＿＿＿ ＿＿＿＿＿
＿＿＿＿＿★＿ ＿＿＿＿か。

1 いきましょう　　　　　　　　　2 だしに

3 てがみを　　　　　　　　　　　4 わたしが

題4 田中：英語は難しいね。

クリス：田中先輩、よかったら、僕が 1 ？。

田中：本当？ありがとう。クリス君は アメリカ人だから、英語が 上手
だよね。ところで、授業が終わってから、一緒に お酒を 飲みに 2 ？

1

1 教えましょうか　　2 教えますか　　3 教えませんか　　4 教えですか

2

1 行ったら　　　　2 行っても　　　　3 行かない　　　　4 行くと

V 之後的 V てから＝ V たあと（で）VS V 之前的 V る前（に）VS 因為 V 了的 V たから

所需動詞類型： V る（行く / 食べる / する、来る）
V て（行って / 食べて / して、来て）
V た（行った / 食べた / した、来た）

1. 田中さんはシャワーを浴びてから、寝ました。（田中先生淋浴之後，睡了覺。）
2. 田中さんはシャワーを浴びたあと（で）、寝ました。（田中先生淋浴之後，睡了覺。）
3. 田中さんはシャワーを浴びるまえに、寝ました。（田中先生淋浴之前，睡了覺。）
4. 田中さんはシャワーを浴びたから、寝ました。（因為田中先生淋浴了，所以睡了覺。）

參考本書 **56** V/N 之前的 V る /N のまえに。「V る前」和「V る前に」的分別，請參閱《3 天學完 N4 88 個合格關鍵技巧》 **61**

題1 お風呂に ＿＿＿＿＿ まえに、まず 体を 洗いましょう。

1 はいって   2 はいった

3 はいらない   4 はいる

題2 野菜 ＿＿＿＿ ＿＿＿＿ ＿★＿ ＿＿＿＿は まだ つかうことが できますよ。

1 を   2 みず

3 あらった   4 あとの

題3 ゆうじんに ＿＿＿＿ ＿＿＿＿ ★ ＿＿＿＿を はらうことが できた。

1 がくひ　　　　2 おかねを

3 から　　　　　4 かりた

題4 私の母は 優しい 人ですが、時々 厳しいです。いつも 「 1 まえは かならず 手を 洗ってください」と 言っています。それに、「 2 歯を 磨いてください」も 毎日 言っています。来週は 母の 誕生日ですから、母に プレゼントを あげたい です。でも、プレゼントを 3 兄と 相談したい です。母は 何が 好きだろう？ところで、母は 昨日から 風邪を ひいています。薬を 4 すこし 眠くなったと 言っていましたが、ちょっと 心配です。

1

1 食事に　　　2 食事します　　3 食事の　　　4 食事して

2

1 ねるまえに　　2 ねてから　　3 ねたから　　4 ねたあと

3

1 買ってから　　2 買うまえに　　3 買ったから　　4 買ったら

4

1 飲んだから　　2 飲むから　　3 飲んたから　　4 飲まないから

從現在開始 / 今後的これから VS 然後的それから VS 從那以後的あれから

1. 從現在開始 / 今後的これから

田中： もう宿題をしましたか？（寫了作業沒有？）

伊藤： いいえ、まだです。**これから**図書館へしに行きます。（還沒呢，我現在就去圖書館寫。）

2. 然後的それから

田中： もう宿題をしましたか？（寫了作業沒有？）

伊藤： いいえ、これからテレビを見て、**それから**、宿題をします。（還沒呢，我現在看電視，然後再寫作業。）

3. 從那以後的あれから

田中先生： 伊藤先生は先週の授業が終わってから、鈴木君とゆっくり話ししたよね！（伊藤老師，上周下課後，你跟鈴木君慢慢聊了一陣子吧！）

伊藤先生： ええ、**あれから**、鈴木君はずっと宿題していませんね。どうしたんだろう？（是的，從那以後鈴木君就一直沒寫作業，究竟發生了甚麼事呢？）

題1 田中：これからも　よろしくお願いします！

伊藤：_____　よろしくお願いします！

1 これからも　　2 それからも　　3 あれからも　　4 こちらこそ

題2 けさ _____ _____ ★ _____ を きいて かいしゃへ いきました。

1 しんぶんを　　2 ラジオ　　3 それから　　4 よんで

題3 せんしゅうの　もくようびに _____ _____ ★ _____ できて
いない。

1 れんらくが　　2 あったが　　3 かれに　　4 あれから

題4 今日は　大学の　クラスメイトと　一緒に　旅行する　日です。**1** バス
に　乗って　金閣寺に　行きます。京都は　高校の　二年生に　一度　行
ったことが　ありますが、**2** 5年間　行って　いないので、ワクワクで
す。バスを　降りたら、まず　金閣寺に　行きたい　です。**3**、近くの
古い　神社にも　行きたい　です。

1 1 これから　　2 それから　　3 あれから　　4 どれから

2 1 これから　　2 それから　　3 あれから　　4 どれから

3 1 これから　　2 それから　　3 あれから　　4 どれから

不太的あまり VS 怎麼也不 / 挺的な かなか VS 一點也不的ぜんぜん

1. 不太的あまり

Ⅰ バスはよく乗_のりますが、電車_{でんしゃ}は**あまり**乗_のりません。（經常坐巴士，但不太坐火車。）

Ⅱ 昨日_{きのう}の映画_{えいが}は**あまり**面白_{おもしろ}くなかった。（昨天那套電影不太有趣。）

2. 總是不 / 挺的なかなか

Ⅰ 十時半_{じゅうじはん}になっても、バスは**なかなか**来_きません。（已經十點半了，巴士卻怎麼也不來。）

Ⅱ 昨日_{きのう}の映画_{えいが}は**なかなか**面白_{おもしろ}かった。（昨天那套電影挺有趣。）

3. 完全不的ぜんぜん

Ⅰ 一時間_{いちじかん}待_まっていますが、バスは**ぜんぜん**来_きません。（等了一個小時，巴士完全不來。）

Ⅱ 昨日_{きのう}の映画_{えいが}は**ぜんぜん**面白_{おもしろ}くなかった。（昨天那套電影一點也不有趣。）

***N5 階段可記住「なかなか＋V 否定＝不太 V」（2.1）；「なかなか＋<u>肯定的 adj</u>＝挺 adj」（2.11）。

題1 生ものは 好き じゃない＿＿＿＿、あまり 買ったり 食べたり しません。

1 も   2 けど

3 から   4 が

題2 コーヒーを のんだ ＿＿＿＿ ＿＿＿＿ ★ ＿＿＿＿。

1 眠れなかった   2 ので

3 昨夜は   4 なかなか

題3 三年間 イギリスに 住んでいたが、えいご＿＿＿＿ ＿＿＿＿ ★ ＿＿＿＿。

1 ぜんぜん   2 は

3 ならなかった   4 じょうずに

題4 日本の 歌舞伎は、 1 分かりませんでしたが、先月から 加藤さんに 教えて もらっているので、今は 少し 分かりました。 2 面白い で すね。日本にいる時間は 3か月だけで 3 長くない ですが、これか らも 暇なときに 歌舞伎を 見に 行きたい です。

1

1 ぜんぜん   2 すこし   3 とても   4 たくさん

2

1 ぜんぜん   2 すこし   3 あまり   4 なかなか

3

1 すこし   2 ちょっと   3 あまり   4 なかなか

1. 而且的それに

I 彼は英語が得意です。**それに**、フランス語も得意です。（他的英語說得很好，而且法語也說得很好。）

II 患者：先生、喉が痛くて、**それに**、熱もあります。（病人：醫生，我喉嚨痛，而且有點發燒。）

2. 因此的それで

I 彼はアメリカで生まれました。**それで**、英語が得意です。（他在美國出生。因此，英語說得很好。）

II 医者：風邪を引いていますね。**それで**、喉が痛くなりましたよ。（醫生：你患感冒了。因此，喉嚨變得痛。）

3. 然後 / 還有的そして

I 彼はアメリカで生まれて、**そして**、カナダで勉強しました。それで、英語が得意です。（他在美國出生，然後在加拿大讀書。因此，英語說得很好。）

II 医者：赤い薬を毎日二回、**そして**黄色い薬を三回飲んでください。（醫生：紅色的藥一天喝兩次，還有黃色的藥一天喝三次。）

參考本書 50 然後的それから。

題1　このレストランの　料理は　値段が　安くて、＿＿＿＿、美味しいです。

1　それから　　　2　それで　　　　3　それに　　　　　4　そこから

題2　授業中　おなかが　痛くなって　我慢できませんでした。＿＿＿＿、急いで
　　　トイレに　行きました。

1　そして　　　　2　それで　　　　3　それに　　　　　4　そこから

題3　そとは　雨が　降って　いる。＿＿＿＿　＿＿＿＿　＿★＿＿　＿＿＿＿。

1　そして　　　　2　ふいている　　3　つよく　　　　　4　かぜも

題4　ぼくは　今　高校　2年生です。中学生のころ、勉強が　大嫌い　でし
　　　た。 1 、ぜんぜん　学校に　行きませんでした。毎朝　家で　パソコン
　　　の　ゲームで　遊んで、 2 　昼から　夕方まで　寝て　いました。先生が
　　　時々　家に　授業を　教えに　来てくれたので、私は　だんだん　勉強が
　　　好きに　なりました。先生の　 3 　もう一度　中学校に　入って　勉強で
　　　きました。本当に　感謝しています。

1　　1　そして　　　　2　それから　　　3　それで　　　4　それに

2　　1　そこで　　　　2　それから　　　3　それで　　　4　それに

3　　1　おかげで　　　2　おおげさで　　3　おまえで　　4　おげんきで

Yes/No 答案的疑問詞 + か VS 自由答案的疑問詞 + を / が / へ

1. Yes/No 答案的疑問詞 + か

I 田中：授業の前に、**何か**食べましたか？（上課前，是不是吃了點甚麼？）
　伊藤：**はい**、サンドイッチを食べました。（是啊，吃了三文治。）
II 田中：部屋に**誰か**いますか。（是不是有人在房間？）
　伊藤：**いいえ**、誰もいませんよ。（沒有啊，一個人也沒有。）

2. 自由答案的疑問詞 + を / が / へ

I 田中：授業の前に、**何を**食べましたか？（上課前，吃了點甚麼？）
　伊藤：サンドイッチを食べました。（吃了三文治。）
II 田中：部屋に**誰が**いますか。（誰在房間？）
　伊藤：誰もいませんよ。（沒有人在房間。）

由於疑問詞 + か = 不確定，所以「いつか」表示將來某一天 / 總有一天。

題1　先生：昨日は　どこか　行きましたか？
　　　学生：＿＿＿＿。

1　どこも　行きませんでした　　　　2　箱根へ　行きました
3　ええ、箱根へ　行きました　　　　4　いいえ、箱根へ　行きました

題2　**誰か＿＿＿＿　＿＿＿＿　★　＿＿＿＿は　いませんか。**

1　できる　　　　　　　　　　　　2　ドイツ語
3　人　　　　　　　　　　　　　　4　の

題3 僕は 昨日 テレビで 新しい 日本語を 習いました。ある 男の人は 暗い 部屋で ずっと 「 1 」と 叫んで いました。最初は 意味が 分かりませんでしたが、ホスト ファミリーの おかあさんに 教えてもらって 分かりました。私も 2 日本語の 先生に なって 3 教えて あげたい です。

1 1 誰が助けて 2 誰か助けて 3 誰を助けて 4 誰に助けて

2 1 いつ 2 いつが 3 いつに 4 いつか

3 1 誰に 2 誰かに 3 誰を 4 誰も

A 也 B 也的 A も B も VS A 和 B 的 A と B VS A 或 / 還是 B 的 A か B（のどちらか）

1.

I 田中さんも伊藤さんも行きます。（田中先生也會去,伊藤先生也會去。）

II 田中さんと伊藤さんは行きます。（田中先生和伊藤先生會去。）

III 田中さんか伊藤さん**(のどちらか)** が行きます。（田中先生或伊藤先生會去。）

2.

I ナイフもスプーンも持って来てください。（刀也帶來,勺子也帶來。）

II ナイフとスプーンを持って来てください。（刀和勺子帶來。）

III ナイフかスプーン**(のどちらか)** を持って来てください。（刀或勺子帶來。）

還有 A 還是 B 呢？的 A か B か這個類似的形態,AB 除可以名詞外,還可以是普通型的動詞、い形容詞或な形容詞,多譯作「A 還是 B」,後跟著「知らない」、「分からない」、「決めてください」、「覚えていません」等特定動詞。另外,A か B か中,如果 B 是「どう」,即 A かどうか的話,一般就會翻譯為「A 還是不 A」:

3.

電車で行くかバスで行くか（が）分かりません。（不知道坐電車去還是坐巴士去。）

4.

言うかどうか（を）決めてください。（請你決定說還是不說。）

5.

美味しいかどうか（が）知らない。（不知道好吃還是不好吃。）

題1 両親＿＿＿＿ ガールフレンド＿＿＿＿ 私の 卒業式に 来てくれて、うれしかったです。

1 も…も　　　　2 か…も

3 も…と　　　　4 か…と

題2 この本は私に＿＿＿＿ ＿＿＿＿ ＿★＿ ＿＿＿分かりません。

1 役に　　　　　2 立たないか

3 立つか　　　　4 が

題3 先週の土曜日に 会社の 忘年会が ありました。私は 同じ チームの 田中さん 1 一緒に 出席しました。別の チームの 山田さんも 野口さん 2 出席したので、とても 賑やか でした。私たちは 料理を たくさん 食べましたが、お酒 3 たくさん 飲んだので、料理は 美味しかったか まずかったか が 全然 覚えて いません。

1	1 が	2 も	3 と	4 か
2	1 が	2 も	3 と	4 か
3	1 が	2 も	3 と	4 か

仍然 / 還 V 的まだ V 肯定 VS 還沒 V 的まだ V 否定 VS 再次 / 又 V 的また V 肯定

1.

I 息子はまだ寝ています。（兒子還在睡，**まだ V ています**的まだ類似英語的 still。）

II 息子はまだ寝ていません。（兒子還沒睡，**まだ V ていません**的まだ類似英語的 not yet。）

III 息子は起きてまた寝ました。（兒子醒來後又睡了，**また V** 的また類似英語的 again。）

2.

I 僕はまだ留学したいです。（【雖然已經 40 歲，但】我仍然想留學。）

II 僕はまだ留学したくないです。（【雖然我爸爸已經多番催促，但】我還不想留學。）

III 僕はまた留学したいです。（【雖然我已經留學過一起，但】我想再留學一次。）

題1 三回も 失敗したけど、_____ あきらめては いけないよ。

1 もう 　　　　2 また 　　　　3 まだ 　　　　4 も

題2 出発の 時間_____ _____ ★ _____が あるから、この辺を 散歩

しませんか？

1 じかん 　　　2 までに 　　　3 まだ 　　　4 すこし

題3 一昨日 食べた店が 安くて _____ _____ ★ _____。

1 美味しかった 2 行きたい 　　3 ので 　　　4 また

題4 夏休みに 香川に 住んでいる おばあちゃんに 会いに 行きました。
おばあちゃんは もう 80歳ですが、まだ 体が [1]、毎日 運動して
います。おばあちゃんは 「大変 ですが、はたけの しごとは まだ
[2]」と 言っていました。本当に すごいです。ところで、犬の シロは
昔より [3] 大きくなったと 思います。今 何才だろう？

[1] 1 元気です 　　2 元気じゃありません 　3 元気で 　　4 元気ですか

[2] 1 やめる 　　　2 やめた 　　　　　3 やめない 4 やめないか

[3] 1 まだ 　　　　2 と 　　　　　　3 また 　　4 でも

直至 V/N 的 **V る** /N まで VS V/N 之前的 **V る** /N までに = V/N 之前的 **V る** /N まえに

所需動詞類型： **V る（行く / 食べる / する、来る）**

1.

I 金曜日**まで**、働きます。（一直工作直至星期五。）

II 金曜日**までに**、仕事を辞めます。（星期五之前辭職，金曜日までに的**までに**類似英語的 by。）

III 金曜日**のまえに**、仕事を辞めます。（星期五之前辭職，金曜日の**まえに**的**まえに**類似英語的 before。）

2.

I 私が**返ってくるまで**、部屋で待っていてください。（請你在房間一直等，直至我回來為止。）

II 私が**返ってくるまでに**、部屋を掃除してください。（請你在我回來前，把房間打掃好。）

III 私が**返ってくるまえに**、部屋を掃除してください。（請你在我回來前，把房間打掃好。）

參考本書 **49** V 之前的 V る前（に）。此外，「までに」比「まえに」更強調前面是 deadline，故後續句多出現「V なければならない」或「行け」、「来い」等命令型。

題1　昨日は　何時から　何時＿＿＿＿　働きましたか。

1　まえ　　　　　　　　　　　　2　から

3　まで　　　　　　　　　　　　4　までに

題2　シンデレラは　夜12時　＿＿＿＿＿　家へ　帰らなければならない。

1　まえ　　　　　　　　　　　　2　から

3　まで　　　　　　　　　　　　4　までに

題3　りょこう　＿＿＿＿　＿＿＿＿　＿★＿　＿＿＿＿　ことが　おススメです。

1　りょうがえ　　　　　　　　　2　の

3　する　　　　　　　　　　　　4　まえに

題4　僕は　生きて　いる間に　いろいろな　ことを　したい　です。命は　一回だけ　**1**　とても　大切　ですから。たとえば、いまは　教師の　仕事を　して　いますが、60歳に　なって　仕事を　辞める　**2**　、ずっと　学生に　知識を　教えたい　です。それから、海外旅行が　好き　ですから、死ぬ（あの世に行く）　**3**　、絶対に絶対に　フィンランドへ　行かなければならないと　思います。一度　オーロラを　見たい　ですから。

1　1　から　　　2　が　　　　3　に　　　　4　で

2　1　まえに　　2　のまえ　　3　までに　　4　まで

3　1　まえに　　2　のまえに　3　までに　　4　まで

57 ▶ 進行 N 的 N を V＝進行 N1 的 N2 的 N1 の N2

當 V 是第 III 類動詞時（參考本書 43 ▶ I 類，II 類，III 類動詞），V 可以變成 N，如：

1.

日本語（N）を勉強します（V）。（學日語。）
→ 日本語（N1）の勉強（N2）をします（V）。（進行日語的學習。）

2.

アメリカへ経済（N）を研究し（V1 stem）に行きます（V2）。（去美國研究經濟。）
→ アメリカへ経済（N1）の研究（N2）に行きます（V）。（去美國進行經濟的研究。）

由於「N を V」中的 V 變成了 N，如「研究し」（V）→「研究」（N），故不能是「N を N」，而是變成「N の N」。

題1 佐藤君は 明日の 朝ご飯＿＿＿＿ 準備を して います。

1 は 　　　　 2 の

3 が 　　　　 4 を

題2 ＿＿＿＿ ＿＿＿＿ ★＿＿＿ ＿＿＿＿ ですが、お時間が ありますか。

1 ひっこし 　　 2 を

3 したい 　　　 4 そうだん

題3 私は 来年 高校を 卒業したら、イギリスの 大学へ 　1　 に 行きた
い です。大学で イギリス文学を 　2　 ことが 小さい 時からの 夢で
すから。授業料が 高いので、今は 一生懸命 お金を 貯めて います。
それに、留学だけ ではなく、いつか 移住の 計画も 　3　 。両親も 私の
この夢を 応援して くれて いるので、本当に 感謝しています。

1

1 留学し 　　 2 留学に 　　 3 留学の 　　 4 留学が

2

1 勉強し 　　 2 勉強したい 　 3 勉強したら 　 4 勉強する

3

1 しています 　 2 していない 　 3 してもいいです 　 4 してはいけません

所需動詞形態： **V普（する／しない／した／しなかった／している／していない／したい）**

1. 誰_{だれ}が PS4 を**買_かったか知_しっています**か。（知道是誰買了 PS4 嗎？）
2. どこで PS4 を**買_かったか知_しっています**か。（知道在哪裏買了 PS4 嗎？）
3. いつ PS4 を**買_かったか分_わかります**か。（知道甚麼時候買了 PS4 嗎？）
4. どうして PS4 を**買_かったか分_わかります**か。（知道為甚麼買了 PS4 嗎？）

如果 V 後面沒有「か」（「か」可理解為「嗎」），動詞就不能是「知_しっています」或「分_わかります」而是「と思_{おも}います」，如：

5. 誰_{だれ}が PS4 を**買_かったと思_{おも}います**か。（你認為是誰買了 PS4？）
6. どこで PS4 を**買_かったと思_{おも}います**か。（你認為是在哪裏買了 PS4？）

也就是，誰_{だれ}が PS4 を**買_かったか知_しっています**か＝誰が PS4 を**買_かったと思_{おも}います**か。

題1 | 長谷川_{はせがわ}さんの　誕生日会_{たんじょうびかい}は　いつ＿＿＿＿か　知_しって　いますか。

1　する　　　　　2　しない

3　します　　　　4　しました

題2 | 彼_{かれ}が　卒業_{そつぎょう}して＿＿＿＿　＿＿＿＿　★＿＿＿　＿＿＿＿　知_しっていますか。

1　から　　　　　2　なにに

3　なりたい　　　4　か

題3 日本に 来て 初めて 地震に **1** とても 怖かった です。地震は いつ どこで **2** 分かりませんから、それが 一番 怖い です。それに、**3** 日本で よく 地震が 起こるか も 分かりません。「土の中に 住んでいる 魚*** が 踊ると、地震が 起こる」と 先生が 言っていましたが、皆さんは それが 本当だと **4** 。

*** 請參考答案解釋！

1

1 なって   2 起きて   3 いて   4 あって

2

1 起こるか   2 起こったか   3 起こらないか   4 起りたくないか

3

1 どうやって   2 いつ   3 何回   4 どうして

4

1 知っていますか   2 知りますか   3 思いますか   4 分かりますか

竟然 N 的 N も VS 最起碼 N 的 N は VS 只 N 的 N だけ＝只 N 的 N しか V 否定

1. この携帯電話は 30,000 円**も**かかります。（這部手機竟然要 30,000 日元。）
2. この携帯電話は 30,000 円**は**かかります。（這部手機最起碼要 30,000 日元。）
3. この携帯電話は 30,000 円**だけ**かかります。（這部手機只要 30,000 日元。）
4. この携帯電話は 30,000 円**しか**かかりません。（這部手機只要 30,000 日元。）

N 多涉及數字如金錢，時間或人數等。

題 1　昨日は　疲れましたから、15 時間＿＿＿＿＿　寝ました。

1　も　　　　　　　2　まで
3　だけ　　　　　　4　しか

題 2　おなかが　空いたが、お金が　足りなかったので、ご飯は ＿＿＿＿＿　食べなかった。

1　三杯は　　　　　2　一杯しか
3　三杯も　　　　　4　一杯だけ

題 3　彼は　日本料理が　大好き　ですが、＿＿＿＿＿ ＿＿＿＿＿ ＿★＿ ＿＿＿＿＿。

1　だけ　　　　　　2　なっとう
3　が　　　　　　　4　たべられません

題4　来週は　テストです。あと　一週間　**1**　ですが、あまり　復習して　いませんから、とても　心配　です。私は　いまの　アルバイトを　休んで　勉強したい　ですが、店長が　「毎週　一回　**2**　働かなければならない」と　言っていました。そのアルバイトを　やめたい　ですが、辞めると　家賃が　払えません。家賃は　いくらかかるか　知っていますか？50,000円　**3**　しますよ。大変です。

1	1　だけない	2　しかある	3　だけある	4　しかない
2	1　は	2　だけ	3　しか	4　も
3	1　は	2　だけ	3　しか	4　も

也有這樣情況的 **V る /V ない ことが / もある VS 過往經驗的 V た ことが / もある**

所需動詞類型：**V る（行く / 食べる / する、来る）**

V ない（行かない / 食べない / しない、来ない）

V た（行った / 食べた / した、来た）

1.

I ときどき、会社でたばこを**吸うことがある**。（有時候會在公司抽煙＝習慣）

II 昔 / 以前、会社でたばこを**吸ったことがある**。（以前曾經在公司抽過煙＝
經驗）

2.

I ここは寒い所ですが、12月でも雪が**降らないこともあります**。（雖然這裏
是寒冷的地方，但即使是12月，也有不下雪的時候＝情況）

II ここは暑い所ですが、12月に雪が**降ったこともあります**。（雖然這裏是炎
熱的地方，但曾經在12月下過雪＝過往經驗）

題1 私は 名古屋＿＿＿＿ 住んだ ことが あります。

1 で　　　　　　 2 が

3 を　　　　　　 4 に

題2 仕事が とても 忙しい時は、＿＿＿ ＿＿＿ ＿★＿ ＿＿＿。

1 よる　　　　　 2 ある

3 ことも　　　　 4 ねない

題3 2年間 日本で 留学して いましたが、何回か 病気に 1 こと が あります。薬を 飲んで 良くなる ことも ありますが、 2 ゆっくりと 元気に なる ことも あります。ところで、日本の薬は とても 良くて 一回 3 飲んだら 元気に なります。ですから、家族は 以前 何回か 私に 「今度 国に帰ってくる ときに、日本の 薬を 買ってきてね」と 4 。

1 1 なる   2 ならない   3 なって   4 なった

2 1 飲むで   2 飲まないで   3 飲んで   4 飲んだり

3 1 だけ   2 しか   3 も   4 は

4 1 頼むことがあります   2 頼まないことがあります

   3 頼んだことがあります   4 頼んだことがありません

61 比較好的 V た /V ない / い adj/N の / な adj な＋ほうがいい

所需單詞類型：V た（行った / 食べた / した、きた）

V ない（行かない / 食べない / しない、来ない）

い adj（安い）/N の（日本の）/ な adj（便利な）

1. 今は安いですから、**買ったほうがいいです**。（現在很便宜，買的話比較好。）
2. 今は高いですから、**買わないほうがいいです**。（現在很貴，不買的話比較好。）
3. パソコンは、**安いほうがいいです**。（電腦，便宜的比較好。）
4. 日本のパソコンより、**アメリカのパソコンのほうがいいです**。（相比日本的電腦，美國的電腦比較好。）
5. パソコンはのメーカー、**有名なほうがいいです**。（電腦的品牌，有名的比較好。）

題1　そとは　暑い　ですから、帽子を　＿＿＿＿ほうが　いいです。

1　もっていく

2　もっていった

3　もっていって

4　もっていかない

題2　あなたは　いま　胃が　痛い　ですから、昼ご飯は　＿＿＿＿　のほうが　いいですよ。

1　おかゆ

2　おさけ

3　おかし

4　おかね

題3 インフルエンザに　なりやすい　ときは ＿＿＿ ＿＿＿ ＿★＿ ＿＿＿
いいと　おもいます。

1　いかない　　　　　　　　　　2　どこ

3　ほうが　　　　　　　　　　　4　も

題4 ときどき　自分<ruby>じぶん</ruby>から　話<ruby>はな</ruby>すことが　重要<ruby>じゅうよう</ruby>だと　思<ruby>おも</ruby>います。例えば、友達<ruby>ともだち</ruby>を
作<ruby>つく</ruby>りたい　ときは、もっと　自分<ruby>じぶん</ruby>から　**1**　ほうが　いいです。また、将来<ruby>しょうらい</ruby>
会社<ruby>かいしゃ</ruby>で　働<ruby>はたら</ruby>いている　ときも　トラブルが　あったら、すぐに　上司<ruby>じょうし</ruby>に
報告<ruby>ほうこく</ruby>**2**　。でも　たまに　真実<ruby>しんじつ</ruby>を　知<ruby>し</ruby>っていても　**3**　ほうが　いい　時<ruby>とき</ruby>も
ありますよね。

1

1　話<ruby>はな</ruby>した　　　　　　　　　　2　話<ruby>はな</ruby>す

3　話<ruby>はな</ruby>さない　　　　　　　　　4　話<ruby>はな</ruby>している

2

1　してもいいです　　　　　　　2　できます

3　しなければなりません　　　　4　しなくてもいいです

3

1　話<ruby>はな</ruby>した　　　　　　　　　　2　話<ruby>はな</ruby>す

3　話<ruby>はな</ruby>さない　　　　　　　　　4　話<ruby>はな</ruby>している

所需動詞類型： **V-stem（行き / 食べ / し、来）**

1.

I 人には、それぞれの**話し / 言い方**があります。（每個人有不同的說話方法。）

II 彼は時々**話し過ぎ**です。（他有時候話說得太多。）

III 彼は時々**言い過ぎ**です。（他有時候話說得太過分。）

IV 彼は**話しながら**、コーヒーを飲んでいます。（他一邊說話，一邊在喝咖啡。）

2.

I 人には、それぞれの**やり方**があります。（每個人有不同的做事方式。）

II 彼は時々**やり過ぎ**です。（他有時候做事做得太過分。）

III 仕事を**やりながら**、おやつを食べる人がいます。（有些人一邊工作，一邊吃零食。）

題1 この日本語の 読み＿＿＿＿を 教えて くださいませんか。

1 すぎ

2 かた

3 こと

4 ながら

題2 昨日 お酒を ＿＿＿＿ ましたから、今日の 英語の 授業は 全然 分かりませんでした。ですから いまは 辞書を＿＿＿＿ 勉強しています。

1 飲みながら / 見ながら

2 飲みすぎ / 見ながら

3 飲みながら / 見すぎ

4 飲みすぎ / 見すぎ

題3 あの歌手の ＿＿＿＿ ＿＿＿＿ ★ ＿＿＿＿ 人気が あります。

1　が

2　うたいかた

3　から

4　かっこいい

題4 父の　考え　1　が　とても　素晴しかったと　思います。「たとえ　失敗し
ても、悲しく　なってはいけない」と　いつも　私に　教えて　くれまし
た。「人生は　長い　ですから、何回でも　2　が　できますよ」が　父の
大好きな　言葉でした。父は　一年前に　亡くなりましたが、永遠に　私
の　心に　3　。

1　　1　こと　　　　2　もの　　　　　3　かた　　　　　4　もと

2　　1　やりなおし　2　やりすぎ　　　3　やりかた　　　4　やりながら

3　　1　いています　2　います　　　　3　あっています　4　あります

所需單詞類型： V/ い形 / な形 / 名詞的た型（行った / 美味しかった / 有名だった / 日本人だった）

V/ い形 / な形 / 名詞的て型（行って / 美味しくて / 有名で / 日本人で）

1.

I 今度大学に**来たら**、教えてください。（下次如果你來大學的話，請告訴我。）

II 明日は日曜日なので、大学に**来ても**、誰もいないよ。（因為明天是星期天，所以即使你到大學來，誰也不在。）

2.

I もしお酒を**飲んだら**、すぐ顔が赤くなる。（如果喝了酒，臉就馬上變紅。）

II たとえお酒を沢山**飲んでも**、顔が赤くならない。（即使喝了很多酒，臉也不會變紅。）

請參照《3 天學完 N4 88 個合格關鍵技巧》 65

題1 この漢字は とても 難しいですから、_____ 中国人_____ 分かりません。

1 たとえ / でも 　　　　　　　 2 たとえ / だったら

3 もし / だったら 　　　　　　　 4 もし / でも

題2 あした もし 暇_____、遊びに 来て くださいね。

1 ても 　　　　　　　　　　　 2 でも

3 かったら 　　　　　　　　　 4 だったら

題3 たとえ ＿＿＿＿ ＿＿＿＿ ★ ＿＿＿＿は したくないです。

1 わるいこと 　　　　　　　　　2 おかねがたくさん

3 あんな 　　　　　　　　　　　4 もらえても

題4 日本の 店員さんは 話し **1** が とても 上手 です。私が ものを 買う前に、店員さんは いつも いい言葉で 私を 褒めてくれます。でも たとえ 店員さんが 「 **2** 」 と 言ってくれても、高い ものは 絶対に 買いません。お金が ありませんから。もし お金が **3** 、まず 自分の 家を 買いたい ですね。みなさんは なにが 一番 欲しいですか？

1 　1 こと 　　　　2 もの 　　　　3 かた 　　　　4 もと

2 　1 よく お似合いだね 　　　　　　2 まあまあ お似合いだね

　　　3 あまり 似合わないね 　　　　　4 全然 似合わないね

3 　1 あっても 　　2 なくても 　　3 あったら 　　4 なかったら

去 V 的 **V-stem に行きます / 来ます / 帰ります VS V 完再去的 V て行きます / 来ます / 帰ります**

所需動詞類型： **V-stem（飲み / 食べ / 散歩し）**
Vて（飲んで / 食べて / 散歩して）

1.

I レストランへ晩御飯を**食べに行きます**。（去餐廳吃晚飯。）
II 晩御飯を**食べて**レストランへ**行きます**。（吃完晚飯再去餐廳。）

2.

I 友人の家へテレビを**見に来ました**。（來了朋友家看電視。）
II テレビを**見て**友人の家へ**来ました**。（看完電視來了朋友家。）

3.

I 国へ**会議しに帰りたいです**。（希望回國開會。）
II **会議して**国へ**帰りたいです**。（希望開完會回國。）

題1 明日は 休みなので、友達に ＿＿＿＿。

1 見て 行きます 　　　　　　 2 会って 行きます
3 見に 行きます 　　　　　　 4 会いに 行きます

題2 大学に 忘れ物を したので、＿＿＿＿。

1 取って 行きます 　　　　　　 2 取りに 行きます
3 持って 行きます 　　　　　　 4 持ちに 行きます

題3 おにぎりを 作^{つく}りましたが、＿＿＿＿ ＿＿＿＿ ＿★＿＿ ＿＿＿＿。

1 ちょっと　　2 いきますか　　3 よかったら　　4 たべて

題4 僕^{ぼく}は 去年^{きょねん}の 三月^{さんがつ}に 日本^{にほん}へ 1 来^きました。初^{はじ}めは 少^{すこ}し 心配^{しんぱい}して いましたが、いまは だいぶ 慣^なれました。私^{わたし}の 習慣^{しゅうかん}ですが、毎朝^{まいあさ} 家^{うち}で シャワーを 2 大学^{だいがく}へ 行^いきます。気持^{きも}ちがいい ですから。いつも 10分前^{ぶんまえ}に 教室^{きょうしつ}に 行^いって クラスメイトと 話^{はな}します。授業^{じゅぎょう}が 終^おわってから、たいてい クラスメイトと 食堂^{しょくどう}で 昼^{ひる}ごはんを 3 。毎日^{まいにち}の 生活^{せいかつ}は 楽^{たの}しいです。

1　1 留学^{りゅうがく}しに　　2 留学^{りゅうがく}の　　3 留学^{りゅうがく}して　　4 留学^{りゅうがく}が

2　1 浴^あびて　　2 浴^あびに　　3 浴^あびって　　4 浴^あびりに

3　1 食^たべて行^いきます　　2 食^たべます　　3 食^たべに行^いきます　　4 食^たべました

不可以 V 的 **V てはいけません** VS 請不要 V 的 **V ないでください**

所需動詞類型： **V て（行って / 食べて / して、来て）**
V ない（行かない / 食べない / しない、来ない）

1.

I ここでたばこを**吸ってはいけません**。（不可以在這裏抽煙＝**語氣重**。）
II ここでたばこを**吸わないでください**。（請不要在這裏抽煙＝**語氣輕**。）

2.

I 危ないですから、ここで**遊んではいけません**。（很危險啊，不可以在這裏玩＝**語氣重**。）
II 危ないですから、ここで**遊ばないでください**。（很危險啊，請不要在這裏玩＝**語氣輕**。）

題1 たとえ 故郷に 帰っても、私の ことを ＿＿＿＿ ください。

1 忘れません
2 忘れて
3 忘れないで
4 忘れては

題2 ＿＿＿ ＿＿＿ ＿★＿ ＿＿＿を みては いけない。

1 よる
2 まで
3 おそく
4 テレビ

題3 日本には 毎年の 12月31日の 夜に 「 1 はいけない」という 面白い テレビ 2 が ありますが、皆さんは それを 知っていますか？ たくさんの 芸能人たちが 5人の 男の人に 面白い ことを 見せますが、もし 5人の 男の人が 笑ったら、黒い 服を 着ている 人たちが 男の人の お尻を 強く 叩きますよ。この 2 を 見たい人は 12月31日の 夜は どこにも 3 ね。

1　1　わらう　　　　2　わらって　　　3　わらった　　　4　わらわない

2　1　番組　　　　　2　番長　　　　　3　試合　　　　　4　組合

3　1　行ってもいい　　　　　　　　　2　行ってはわるい

　　3　行かないで　　　　　　　　　　4　行かなければなりません

所需動詞類型： **V て（行って / 食べて / して、来て）**

1.

I もう一度**言って**もいいですか。（我可否再說一次？）
II もう一度**言って**くださいませんか。（你可否再說一次？）
III もう一度**言って**いただけませんか。（你可否再說一次？）

2.

I 明日**来て**もいいですか。（我明天可以來嗎？）
II 明日**来て**くださいませんか。（你明天可以來嗎？）
III 明日**来て**いただけませんか。（你明天可以來嗎？）

題1 A：そのカタログをを　もらっても　いいですか。

　　　B：＿＿＿＿＿。

1　そうですね　　　　　　　　2　いいですか

3　いいですよ　　　　　　　　4　そうですよ

題2 A：すみませんが、敬語を　教えて　いただけませんか。

　　　B：＿＿＿＿＿。

1　もちろんですよ　　　　　　2　ほんとうですか

3　しつれいですが　　　　　　4　ちがいますね

題3 いまから　でかけるので、＿＿＿　＿＿＿　★　＿＿＿て　ください。

1　に 　　　　　　　　　　　　 2　ドア

3　かけ 　　　　　　　　　　　 4　かぎを

題4 A：すみませんが、英語の　レポートを　チェックして**1**？

　　B：ごめんなさい！私も　英語が　苦手ですが……

　　C：私がチェックして**2**？

　　A：本当ですか？ありがとうございます。

1

1　もいいですか 　　　　　　　 2　もいいですね

3　くださいませんか 　　　　　 4　はいけませんよ

2

1　もいいですか 　　　　　　　 2　もいいですね

3　くださいませんか 　　　　　 4　はいけませんよ

主觀原因 + 自我要求的**普 1** から VS 客觀原因 + 禮貌請求的**普 2** ので

所需單詞類型： **普 1**（行く / 行かない / 行った / 行かなかった / 安い / 有名だ / 日本人だ）

普 2（行く / 行かない / 行った / 行かなかった / 安い / 有名な / 日本人な）

1.

I 風邪を**ひいた**から、学校を休みます。（因為感冒了，所以我不去上課！！！）

II 風邪を**ひいたので**、学校を休んでもいいですか。（因為感冒了，我可否不去上課？）

2.

I 明日は**日曜日だ**から、なにもしたくない。（明天是星期天，甚麼也不想做！！！）

II 明日は**日曜日なので**、ハイキングに行きませんか。（明天是星期天，一起去遠足嗎？）

題 1 冬の 朝は 寒い_____、ベッドから 起きたくない。

1 から   2 だので

3 だから   4 なので

題 2 あの先生の 授業は 人気が ある_____、みな 勉強しに 行きます。

1 ので   2 なので

3 ながら   4 だから

題3 すみませんが、100円えん _____ _____ ★_____ _____ くださいませんか。

1 ので　　　　　　2 いない

3 足たりて　　　　　4 貸かして

題4 私わたしは　大学だいがくの　寮りょうに　1 ので、学校がっこうまで　歩あるいて　5分ふんしか　かかりません。でも　ルームメイトが　すこし　うるさい人ひと 2 、いつも　寮りょうではなくて　喫茶店きっさてんで　本ほんを 3 　レポートを 3 　して　います。集中しゅうちゅうできますから。最近さいきんは　よるも　うるさくて　よく　眠ねむれないです。お願ねがい 4 、静しずかに　して　くださいませんか。

1 　1 住すむ　　　　　　　　2 住すんでいる

　　3 住すみたい　　　　　　4 住すんでいない

2 　1 ので　　　　　　　　2 だので

　　3 なので　　　　　　　4 だったので

3 　1 みたり / きいたり　　2 みたり / かいたり

　　3 よんだり / きいたり　4 よんだり / かいたり

4 　1 なので　　　　　　　2 ので

　　3 だから　　　　　　　4 から

變化多端的何<ruby>何<rt>なに</rt></ruby> VS 三項原理的<ruby>何<rt>なん</rt></ruby>

基本上我們只需記住「何」若符合以下三項情況之一，其發音就是「なん」（有例外）：

なん		
何後面的**子音是 T**（包括**濁音 D**）	何後面的**子音是 N**	何後面是**量詞**
・<ruby>何<rt>なん</rt></ruby>と<ruby>言<rt>い</rt></ruby>いますか？ （說甚麼？） ・<ruby>何<rt>なん</rt></ruby>ですか？ （是甚麼？）	・<ruby>何<rt>なん</rt></ruby>の<ruby>本<rt>ほん</rt></ruby>ですか？ （是甚麼書？）	・<ruby>何歳<rt>なんさい</rt></ruby>ですか？ （幾歲？） ・<ruby>何階<rt>なんがい</rt></ruby>ですか？ （幾樓？）

否則的基本就是「なに」（但亦有例外），例子不可勝數，現舉幾個如下：

なに		
何後面的**子音是 W**	何後面的**子音是 K**（包括**濁音 G**）	何後面的**子音是 M**
・<ruby>何<rt>なに</rt></ruby>を<ruby>食<rt>た</rt></ruby>べますか？ （吃甚麼？）	・<ruby>何<rt>なに</rt></ruby>か<ruby>食<rt>た</rt></ruby>べましたか？ （是不是吃了些甚麼？） ・<ruby>何<rt>なに</rt></ruby>がありますか？ （有甚麼？）	・<ruby>何<rt>なに</rt></ruby>もありません！ （甚麼也沒有！）

題1 A：昨日 先生は 授業で _____を 教えましたか。

B：_____も 教えませんでしたよ。

A：えっ、本当ですか？_____で 教えませんでしたか？

1 なに→なに→なん　　　　　　2 なん→なん→なに

3 なに→なん→なん　　　　　　4 なん→なに→なに

題2 _____ _____ _★_ _____ ありますか。

1 のなかに　　2 なに　　3 ひきだし　　4 が

題3 昨日は 熱が あったので、大学に 行きませんでした。今日 大学に行った とき、校長先生が 私に 「水か **1** を たくさん 飲んだか」と 親切に 聞いて くれました。でも 実は 昨日 ずっと 寝ていて、**2** 食べたり 飲んだり しませんでした。今日は 調子が 良くなったので、パスタも お寿司も ラーメンも **3** 食べたい ですね。

1　1 なにと　　　2 なにも　　　3 なにが　　　4 なにか

2　1 なにと　　　2 なにも　　　3 なにが　　　4 なにか

3　1 なにも　　　2 なんでも　　3 なんも　　　4 なにでも

甚麼 N 的 なんの N VS 怎樣的 N 的 どんな N

1.

A： 池田ドリンクは**何の**会社ですか？（池田ドリンク是一家甚麼類型的公司？）

B： ビールの会社です。（是一家啤酒的公司。）

2.

A： 池田ドリンクは**どんな**会社ですか？（池田ドリンク是一家怎樣的公司？）

B： 大きくて有名な会社です。（又大又有名的公司。）

但問人在一個範疇裏面（如料理、動物或運動）喜歡甚麼的時候，首選「何」，次選「どんな N」：

3.

Ⅰ A： 料理の（中）で、**何 / どんな**ものが一番好きですか？（料理裏面，你最喜歡甚麼？）✓

Ⅱ A： **何の**食べ物が一番好きですか？✗

　　B： 天麩羅が一番好きです。（想吃天婦羅。）

4.

Ⅰ A： 今日は**何 / どんな**料理が食べたいですか？（今天想吃甚麼？）✓

Ⅱ A： 今日は**何の**食べ物が食べたいですか？✗

　　B： 天麩羅が食べたいです。（想吃天婦羅。）

可見，「何の N」不太跟「が」句式配搭，而事實上他更加適用於有明確主題，如「T は何の N」的句式上（然後你會發現，例題 1、5 和 6 屬於同樣結構的日語）：

5.

A： その DVD（T）は**何の** DVD ですか？（你手裏的是甚麼 DVD？）
B： これは「アンパンマン」の DVD です。（是「麵包超人」的 DVD。）

6.

A： ナシゴレン（T）は**何の**料理ですか？（ナシゴレン是一種甚麼料理？）
B： インドネシア語でチャーハンという意味の料理です。（印尼文裏表示炒飯的一種料理。）

題1　A： NBA2K は何のゲームですか？

　　　B： _____ ゲームですよ。

1　アメリカの　　　　　　　　　　2　面白い
3　バスケットボールの　　　　　　4　人気がある

題2　A： ASI 1101 は　何の　授業ですか？

　　　B： _____ 授業です。

　　　A： それは　どんな　授業ですか？

　　　B： _____ 授業ですよ。

1　日本語の / 面白くて易しい　　　2　加藤先生の / 日本語の
3　加藤先生の / 毎週の火曜日にある　4　毎週の火曜日にある / 面白くて易しい

以下比較①名詞②な形容詞③連體詞的分別:

詞性	例子	肯定	否定	後接名詞
①名詞	日本人	日本人です	日本人じゃありません	日本人の家
②な形容詞	綺麗（な）	綺麗です	綺麗じゃありません	綺麗な家
③連體詞	同じ 大き（な） 色々（な）	同じです 大きです ✗ 色々です	同じじゃありません ✓ 大きじゃありません ✗ 色々じゃありません ✗	同じな家 ✗→ 同じ家 ✓ 大きな家 ✓ 色々な家 ✓

*** 連體詞在某些方面和名詞、な形容詞概念一樣，卻又有其特定的做法。日語能力測試中，「同じ」、「大きな」和「色々な」曾有以下的出題方式:

題1 木村さんは　佐藤さんと　_____アパートに　住んで　います。

1 同じ

2 同じの

3 同じい

4 同じな

題2 インドネシアは　大きい　国だが、シンガポールは　あまり　_____。

1 大きじゃない

2 大きくない

3 大きじゃありません

4 大きない

題3 世の中には　_____文化が　あって　面白い　ですね。

1 色々

2 色々の

3 色々な

4 色々い

第五部分

閱讀理解

出題範圍	出題頻率
甲類：言語知識（文字・語彙）	
問題 1　漢字音讀訓讀	
問題 2　平假片假標記	
問題 3　前後文脈判斷	
問題 4　同義異語演繹	
乙類：言語知識（文法）・讀解	
問題 1　文法形式應用	
問題 2　正確句子排列	
問題 3　文章前後呼應	
問題 4　短文內容理解	✓
問題 5　長文內容理解	✓
問題 6　圖片情報搜索	✓
丙類：聽解	
問題 1　圖畫情景對答	
問題 2　即時情景對答	
問題 3　圖畫綜合題	
問題 4　文字綜合題	

JPLT N5

短文1

冬に　なると、家族や　友達と　一緒に　「これ」を　食べるのは日本の　文化です。冷たい　生の　肉や　野菜などの　材料を　温かいスープの　中に　入れますが、材料が　十分　温かく　なったら　食べる　ことが　できます。ソースに　つけて　食べるのが　もっと　おいしい　食べ方です。もちろん　食べる　時の　温かい　お茶も　オススメですよ。

題1 これから　「これ」を　食べますが、「温かくない」　ものは　どれですか？

1　スープ　　　　　　　　　　2　肉

3　ソース　　　　　　　　　　4　お茶

題2 「これ」は　何の　料理ですか？

1　お鍋　　　　　　　　　　　2　親子丼

3　焼肉　　　　　　　　　　　4　ラーメン

短文2

動物園に　入る　時は、大人は　300円で、子供は　150円で　60歳以上の　お年寄りと　その日が　誕生日の人は　無料です。父は　先週誕生日で　60歳に　なりました。母は　今年は　まだ　58歳ですから、無料じゃありません。今日は　両親と、誕生日の　夫と　3歳の　子供と、5人で　行きます。子供も　夫と　同じ日に　生まれたから、よかったです。

題1 今日、動物園に　入る時、いくら　払いますか？

1　300円　　　　　　　　　　2　450円

3　600円　　　　　　　　　　4　750円

短文3

日本語の　授業は　月曜日の　午前、水曜日の　午後、金曜日の　午後に　あります。平日の　朝の　クラスは　会話の　クラスで、昼からのクラスは　作文の　クラスです。土曜日の　朝も　クラスが　ありますが、クラスメイトと　リスニングの　練習を　します。

題1　今週は　日本語を　たくさん　話したり　聞いたり　しました。私は
何曜日に　日本語の　勉強に　行きましたか？

1　月曜日と水曜日

2　月曜日と土曜日

3　水曜日と金曜日

4　金曜日と土曜日

短文4

この図書館は、本だけではなく、古い雑誌も CD も借りることができます。でも新しい雑誌と辞書は借りることができません。全部で 6 つまでで 3 週間借りることができますが、もし 3 週間過ぎても返さなかったら、1 日 150 円のお金がかかります。気をつけないと！

題1 どれを 借りて 家で 読む ことが できますか？

1 本を 4冊と 新しい 雑誌を 2冊

2 古い 雑誌を 5冊と 辞書を 1冊

3 本を 3冊と CDを 3枚

4 古い 雑誌を 2冊と 新しい 雑誌を 3冊

題2 今月の なのかに 本を 借りましたが、いつまでに 返さなければなりませんか？

1 とおか

2 じゅうよっか

3 にじゅういちにち

4 にじゅうはちにち

題3 今日 図書館の人に お金を 600円 払いました。私は 何日 遅れましたか？

1 ふつかかん

2 よっかかん

3 むいかかん

4 ようかかん

短文5

今日の 授業で、先生が 私たちに 人生で 何が 一番 大切かと 質問しましたが、私たちは それぞれの 答えを 出しました。私は 家族だと、木村さんは お金だと、佐藤さんは 恋人だと、橋本さんは 夢だと 答えました。鈴木さんは 授業で 寝ていたので、答えません でした。授業が 終わってから 彼に 聞きましたが、彼は 最初は お金も 夢も 大切だと 話しましたが、最後は やっぱり 私と 同じ 答えを 出しました。

題1 どの答えを 選んだ人が 一番 多かった ですか。

1 夢 　　　　2 お金 　　　　3 家族 　　　　4 恋人

短文6

徳川社長

今日は 朝から 熱が あったので、会社を 休みました。私の 仕事 は 本多さんと 榊原さんと 井伊さんが 手伝ってくれます。本多さ んは お客様の 石田さんと メールを しますが、井伊さんは 午後 から お客様の 会社に 訪問します。榊原さんは ずっと 会社で 先週 私と 出張した ときの レポートを 書きます。今日は 本当 に すみません。明日は 頑張って 会社に 行きます。

加藤より

題1 今日 出かけなければならない 人は 誰ですか？

1 榊原さん 　　2 本多さん 　　3 井伊さん 　　4 加藤さん

題2 先週 誰と 誰が 出かけましたか？

1 榊原さんと 本多さん 　　　　2 本多さんと 井伊さん

3 井伊さんと 加藤さん 　　　　4 加藤さんと 榊原さん

短文
7

今日の　体育の　授業で　身長を　測った。私は　去年　175センチだ　ったが、3センチも　短く　なって　ビックリした。鈴木くんは　去年　私と　同じ　だったが、何を　食べたか　知らないが、10センチも　高　く　なった。去年、松本くんが　クラスで　一番　背が高くて　180セ　ンチだったが、今年は　そのままだった。

題1　私は　どうして　ビックリしましたか？

1　自分が　大きく　なったから

2　自分が　去年と　同じ　だったから

3　自分が　小さく　なったから

4　自分が　そのまま　だったから

題2　今年の　一番　背が高い　人から　一番　背が低い　人に　並べたら、ど　れが　正しい　ですか？

1　私→鈴木くん→松本くん

2　鈴木くん→松本くん→私

3　松本くん→鈴木くん→私

4　私→松本くん→鈴木くん

短文8

今日は　母の　誕生日なので、私は　朝　彼氏と　プレゼントを　買いに　行きました。デパートで　会社の　人に　会って、一緒に　近くの　マクドナルドで　昼ごはんを　食べました。最後は　父の　オススメで　素敵な　かばんを　買いました。晩御飯は　姉が　作って　くれました。

題1　**正しいのは　どれですか？**

1　今日は　母と　ランチを　食べました

2　今日は　父と　晩ご飯を　作りました

3　今日は　マクドナルドで　姉に　会いました

4　今日は　デパートで　恋人と　買い物しました

短文9

日本語テストのルール

・テストは　9:00 から　11:00 まで　します。
・本と　ノートを　見てはいけません。
・携帯電話を　使ってはいけません。
・辞書を　使ってもいいです。
・お手洗いに　行ってもいいですが、行くまえに　先生に　話して　ください。

題1　**「正しくない」のは　どれですか？**

1　辞書を　使う　ことが　できます

2　テストは 11:00 までに　終わらなくてもいいです

3　携帯電話は　禁止です

4　先生に　話してから　トイレに　行ってもいいです

一郎さんと　良子さんは　ご夫婦で、14 年前に　結婚しました。5 年後　女の子が　生まれましたが、それが　みさえちゃんでした。みさえちゃんは　3 年前から　今の　学校で　勉強して　います。

一郎さんは　タクシーの　運転手で　毎日　夜遅くまで　一生懸命　仕事を　して　います。良子さんは　外の　仕事は　して　いませんが、毎日　たくさんの　家事を　して　います。服を　洗ったり　ご飯を　作ったり　買い物したり　しなければなりませんから、大変です。

今日は　二人が　結婚して　15 年目に　なって、とても　特別な　日でした。良子さんは　昨日　一郎さんに　新しい　時計を　買ってあげましたが、一郎さんには　「何もあげませんよ」と　嘘を　つきました。一郎さんは　前　良子さんが　「欲しい」と　言った　ネックレスを　買って　あげたかったですが、プレゼントが　もらえないと　思って、最後は　何も　買いませんでした。残念でしたね。

題1　みさえちゃんは　今年　何歳ですか？

1　3 歳　　　　2　5 歳　　　　3　9 歳　　　　4　14 歳

題2　良子さんが　「していない」ことは　なんですか？

1　洗濯　　　　2　運転　　　　3　買い物　　　　4　料理

題3　一郎さんは　どうして　良子さんに　プレゼントしませんでしたか？

1　夜遅くまで　仕事しましたから

2　良子さんは　欲しいものが　ありませんでしたから

3　良子さんに　何も　もらえないと　思いましたから

4　特別な日　ではありませんでしたから

皆さんは　寒い　日本の冬には　もう　慣れましたか。ところで、寒い時は何を　しますか。私は　温泉に　入って　体を　温める　ことが　いいと　思います。気持ちが良い　だけではなく、薬が入っている　温泉だったら、体の問題も　治して　くれますよ。

温泉には　いろいろな　種類が　ありますが、例えば、室内の　温泉と　外にある　温泉が　あります。外にある　温泉は　露天風呂とも　言いますが、そこに　行くのが　恥ずかしいと　思う人も　いますよね。そして、熱い　温泉も　ありますが、水風呂も　あります。水風呂の　温度は　15度だけで　とても　冷たい　から、私は　あまり　好きじゃありません。もちろん　その水は　飲めません。

皆さんは　日本三大　有名な　温泉を　知っていますか？それは有馬温泉、草津温泉と　下呂温泉です。その中で、真ん中の　温泉だけが　入った　ことが　ないから、今度　行きたい　ですね。

題1　私は　どうして　温泉が　良いと　思いますか？

1　15度で気持ちがいいですから

2　皆さんと　一緒に　入る　ことが　できますから

3　病気を　良く　して　くれますから

4　体を　冷たく　して　くれますから

題2　温泉には　いろいろな　種類が　ありますが、「正しくない」のは　どれですか？

1　薬が　入っている　温泉

2　飲む　ことが　できる　温泉

3　部屋の　外の　温泉

4　冷たい　風呂

題3　私は今度日本のどこの温泉に行きたいですか？

1　真ん中の温泉　　2　草津温泉　　3　下呂温泉　　4　有馬温泉

今日の　午前は　大学の　授業が　なくて　休みでした。田中さんと　柴田さんと　一緒に　バスに　乗って　美術館へ　行きました。2人と　午前9時30分に　レストランで　会いました。それから　一緒に　40分ぐらい　朝ご飯を　食べました。10時の　二番目の　バスに　乗って　美術館へ　行きました。美術館まで　40分ぐらい　かかりました。美術館は　朝9時から　5時まで　ですが、私は　3時から　アルバイト　だったので、2時ごろには　美術館を　出なければなりませんでした。本当は　5時まで　ゆっくり　見たかった　ですが、残念でしたね。

バスの時間

時	9			10				11			
分	00	20	40	00	15	30	45	00	15	30	45

題1　三人は　どうして　10時の　一番目の　バスに　乗りませんでしたか？

1　バスが　ありませんでしたから

2　柴田さんが　遅れましたから

3　田中さんが　バスに　乗りたくなかった　ですから

4　朝ご飯を　食べましたから

題2　三人は　何時に　美術館に　着きましたか？

1　10時前　　　2　11時頃　　　3　10時過ぎ　　　4　11時半

題3　私は　美術館で　最大　何時間　見学できますか？

1　2時間　　　2　3時間　　　3　4時間　　　4　5時間

「ゴミの出し方」

	内容	捨てる曜日	捨てる場所	注
燃える ごみ	紙、食べ物など	月曜・木曜	A ごみ場	専用のごみ袋が必要 です。
燃えない ごみ	プラスチック 電池、ガラス	火曜 金曜	A ごみ場	専用のごみ袋が必要 です。
リサイクル ごみ	新聞、服 瓶、缶、ペット ボトル	毎月の第 1・3・ 5 の水曜 毎月の第 2・4 の水曜	B ごみ場	
粗大ごみ	ソファや洗濯機 や冷蔵庫など大 きい家具	市役所に電話し て捨てる日を決 めて下さい。	専用の車で 運びます。	市役所の電話番号は 012-3456-5789 です。

題1　もし　特別な　袋が　なかったら、ごみを　捨てられません。それは　何
の　ごみで　すか。

1　食べ物と　電池　　　　　　　2　ソファと　瓶

3　紙と　ペットボトル　　　　　4　プラスチックと　服

題2　今日は　3月2日の　水曜日です。今日　新聞を　捨てませんでしたが、
今度　いつ　捨てられますか？

1　3月7日　　　　　　　　　　2　3月10日
3　3月14日　　　　　　　　　4　3月16日

題3 次の 内容、どれが 正しい ですか？

1 燃えるごみと 燃えないごみの ごみ場は 違います

2 燃えるごみと リサイクルごみの ごみ場は 同じです

3 リサイクルごみは 毎週 1回 捨てられます

4 粗大ごみを 捨ててから、市役所に 連絡してもいいです

圖片情報搜索②

「アルバイト募集のお知らせ」

番号 （ばんごう）	仕事の内容 （しごと）	仕事の 場所 （しごと）（ばしょ）	仕事の曜日と時間 （しごと）（ようび）（じかん）	給料 （きゅうりょう）	注 ***
A	お皿を洗った（さら）（あら）り、お客様に（きゃくさま）飲み物を渡し（の）（もの）（わた）ます。	ニューヨークホテル	17:00-24:00 1週間に4回以上（しゅうかん）（かいいじょう）	1時間 850 円（じかん）（えん）（夜 10:00 か（よる）ら 1,000 円）（えん）	
B	お客様のお（きゃくさま）引越しの時（ひっこ）（とき）に、車で荷物（くるま）（にもつ）を運びます。（はこ）	らくらく引っ越し（ひ）（こ）	週2回、土曜日の（しゅう）（かい）（どようび）朝9:00 - 午後5:00（あさ）（ご）（ご）と日曜日の午後（にちようび）（ご）（ご）1:00 - 夜8時（よる）（じ）	1時間 1,050（じかん）円 + 毎回お（えん）（まいかい）弁当があり（べんとう）ます	車の免許（くるま）（めんきょ）が必要で（ひつよう）す。
C	中学生に英語（ちゅうがくせい）（えいご）を教えます。（おし）	ジョンソン英語（イングリッシュ）（えいご）センター	1週間に1回（しゅうかん）（かい）毎回2時間（まいかい）（じかん）	1時間 2,500（じかん）円（えん）	英語が（えいご）母国語の（ぼこくご）人。（ひと）
D	レジの仕事を（しごと）したり、商品（しょうひん）を棚に置い（たな）（お）たりします。	ミニスタートコンビニ	10:00-19:00 1週間に4回以上（しゅうかん）（かいいじょう）	1時間 900 円（じかん）（えん）	

題1 ケルビンさんは アメリカ人ですが、毎日 昼12：00まで 学校の（じん）（まいにち）（ひる）（がっこう）授業が あります。学校が 終わってから、月曜日から 金曜日まで 毎日（じゅぎょう）（がっこう）（お）（げつようび）（きんようび）（まいにち）働きたいと 言いました。どの仕事が 一番 いい ですか。（はたら）（い）（しごと）（いちばん）

1 A　　　　　　　　　　2 B

3 C　　　　　　　　　　4 D

題2 クリスさんは　運転できます。毎日ではなくて　週に　2回しか　働きたくないと　言いました。どの仕事が　一番　いい　ですか。

1　A   2　B
3　C   4　D

題3 坂本さんは　先週　ニューヨークホテルで　3回　アルバイトしました。働く時間は　17:00-24:00 でした。彼は　先週　いくらもらいましたか。

1　6,250 円   2　17,850 円
3　18,750 円   4　21,000 円

第六部分

聽解

出題範圍	出題頻率
甲類：言語知識（文字・語彙）	
問題 1　漢字音讀訓讀	
問題 2　平假片假標記	
問題 3　前後文脈判斷	
問題 4　同義異語演繹	
乙類：言語知識（文法）・讀解	
問題 1　文法形式應用	
問題 2　正確句子排列	
問題 3　文章前後呼應	
問題 4　短文內容理解	
問題 5　長文內容理解	
問題 6　圖片情報搜索	
丙類：聽解	
問題 1　圖畫情景對答	✓
問題 2　即時情景對答	✓
問題 3　圖畫綜合題	✓
問題 4　文字綜合題	✓

JPLT N5

請一邊看着圖畫一邊聆聽問題,圖畫中的人(複數的人的話,則→所指的人)會說甚麼?請從 1-3 中選出最適當的答案。

題 1

| 1 | 2 | 3 |

題 2

| 1 | 2 | 3 |

題 3

| 1 | 2 | 3 |

題 4

| 1 | 2 | 3 |

圖畫情景對答②

請一邊看着圖畫一邊聆聽問題，圖畫中的人（複數的人的話，則→所指的人）會說甚麼？請從 1-3 中選出最適當的答案。

題 5

| 1 | 2 | 3 |

題 6

| 1 | 2 | 3 |

題 7

| 1 | 2 | 3 |

題 8

| 1 | 2 | 3 |

這部分沒有圖畫,首先聆聽一句說話,接着再聆聽回應
這句說話的回答,最後從 1-3 中選出最適當的答案。

題 1

| 1 | 2 | 3 |

題 2

| 1 | 2 | 3 |

題 3

| 1 | 2 | 3 |

題 4

| 1 | 2 | 3 |

這部分沒有圖畫，首先聆聽一句說話，接着再聆聽回應
這句說話的回答，最後從 1-3 中選出最適當的答案。

題 5

| 1 | 2 | 3 |

題 6

| 1 | 2 | 3 |

題 7

| 1 | 2 | 3 |

題 8

| 1 | 2 | 3 |

首先聆聽問題，然後再從 1-4 的圖畫中選出最適當的答案。

題 1

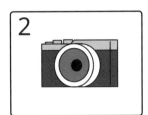

題 2

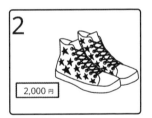

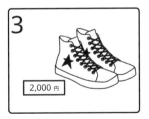

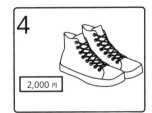

圖畫綜合題②

首先聆聽問題，然後再從 1-4 的圖畫中選出最適當的答案。

題 4

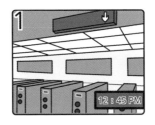

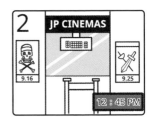

題 5

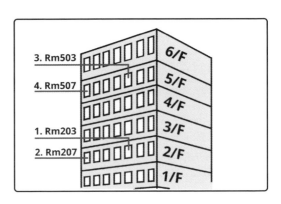

題 6

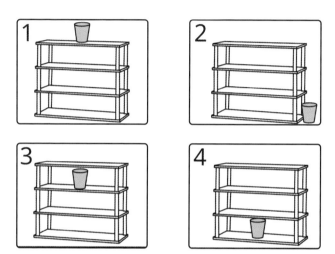

首先聆聽問題，然後再從 1-4 的圖畫中選出最適當的答案。

題 7

題 8

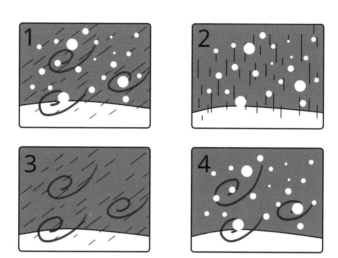

首先聆聽問題，接着閱讀 1-4 的文字選擇，最後再選出最適當的答案。

題1

1 バーベキューしました　　　2 スキーしました

3 英語を勉強しました　　　　4 イギリスへ行きました

題2

1 ビール、チョコレート、玉子　　2 にんじん、玉子、牛乳

3 チョコレート、ビール、牛乳　　4 にんじん、ビール、玉子

題3

1 たけし君　　2 ひろし君　　3 なおみちゃん　　4 みさえちゃん

首先聆聽問題，接着閱讀 1-4 的文字選擇，最後再選出最適當的答案。

題4

1 白　　　2 白、赤　　　3 白、青　　　4 白、黄色

題5

1 3びき　　2 4ひき　　3 5ひき　　4 6ぴき

題6

1 ピンポン　　2 テニス　　3 サッカー　　4 ゴルフ

文字綜合題③

首先聆聽問題，接着閱讀 1-4 的文字選擇，最後再選出最適當的答案。

題 7

1　東京→千葉→北海道→ディズニーランド
2　東京→北海道→千葉→ディズニーランド
3　東京→ディズニーランド→千葉→北海道
4　東京→千葉→ディズニーランド→北海道

題 8

1　12 じ　　　　　　　　　　2　1 じ
3　2 じ　　　　　　　　　　4　3 じ

題 9

1　林　　　　　　　　　　　2　森
3　昌　　　　　　　　　　　4　晶

N5 模擬試験

もんだい 1 ＿＿＿＿の ことばは ひらがなで どう かきますか。
1・2・3・4から いちばん いい もの をひとつ えらんでください。
（れい） しゃしんは かばんの下に ありました。

1 ちだ　　　　　2 しだ　　　　　3 ちた　　　　　4 した

題1 コートを 着てから 来て ください。

1 きいて / きって　　　　　　　2 きいて / きて

3 きって / きいて　　　　　　　4 きて / きて

題2 やさいを 切って ください。

1 きって　　　　2 きいて　　　　3 きりって　　　4 きて

題3 いちばん 奥の へやが かのじょの へやです。

1 まえ　　　　　2 なか　　　　　3 おく　　　　　4 あいだ

題4 わたしの うちは ちいさい ですが、明るいです。

1 あかるい　　　2 きいろるい　　　3 あおるい　　　4 みどるい

題5 庭に いぬの うちが あります。

1 いわ　　　　　2 かわ　　　　　3 さわ　　　　　4 にわ

題6 ぜんぶで 三千三百えん でございます。

1 さんせんさんひゃく　　　　　　2 さんせんさんびゃく

3 さんぜんさんひゃく　　　　　　4 さんぜんさんびゃく

題7 きのう、はじめて　新幹線に　のりました。

1　しんかんせん　　　　　　　　2　しんがんせん

3　さんかんせん　　　　　　　　4　さんがんせん

題8 あなたの　夢を　おしえてください。

1　ゆか　　　　　2　ゆめ　　　　　3　ゆび　　　　　4　ゆえ

題9 きょうは　すこし　調子が　わるいです。

1　ちょし　　　　2　じょし　　　　3　ちょうし　　　4　じょうし

題10 あのえいがを　みて　感動しました。

1　かど　　　　　2　かんど　　　　3　かどう　　　　4　かんどう

題11 さんがつ　九日に　ほっかいどうへ　いきます。

1　はつか　　　　2　いつか　　　　3　ここのか　　　4　むいか

題12 すみませんが、出口は　どちらですか。

1　しゅっくち　　2　しゅっぐち　　3　でぐち　　　　4　でくち

もんだい2 ＿＿＿の　ことばは　ひらがなで　どう　かきますか。
1・2・3・4から　いちばん　いい　もの　をひとつ　えらんでください。
（れい）　この みちは　くるまが　おおいです。
1　運　　　　　　2　里　　　　　　3　軍　　　　　4　車

題13 おかあさんに　どんな　ぷれぜんとを　かいましたか。

1　プレゼント　　2　バルガント　　3　ダシゲント　　4　グスベント

題14 めーるを おしえてくださいませんか。

1 シーハ　　　　2 ナール　　　　3 メール　　　　4 モーハ

題15 せんじつ ゆうじんと なごやに いった。

1 先週　　　　2 先月　　　　3 先日　　　　4 先年

題16 いっしょに えきまえの ラーメンやに いきませんか。

1 沢前　　　　2 択前　　　　3 駅前　　　　4 訳前

題17 ふつう でんしゃは とっきゅう でんしゃより きっぷが やすい。

1 昔通　　　　2 普通　　　　3 易過　　　　4 楊過

題18 とても たかいから、かわない ほうがいい。

1 通わない　　　2 言わない　　　3 買わない　　　4 払わない

題19 いすに たたないで、すわって ください。

1 乗って　　　　2 座って　　　　3 来って　　　　4 広って

題20 きょう クラスメイトと おなじ ふくを きています。

1 周じ　　　　2 用じ　　　　3 肉じ　　　　4 同じ

もんだい3 （　　　）に なにが はいりますか。
1・2・3・4から いちばん いい もの をひとつ えらんでください。
（れい） けさ パンを （　　　）。
1 かえりました　　　2 きました　　　3 のりました　　 4 たべました

題21 おととし （　　　） きょうとに いきました。

1 さんかい　　　2 さんがい　　　3 さんざい　　　4 さんさい

題 22　さむいので、せんぷうきを　（　　　）も いいですか？

　　1　けして　　　　　2　しめて　　　　　3　つけて　　　　　4　あけて

題 23　たなかさんは　きれいな　ネックレスを　（　　　）　います。

　　1　はいて　　　　　2　きて　　　　　　3　かけて　　　　　4　して

題 24　もう 12 じ　ですから、（　　　）　ねむく　なりました。

　　1　だんだん　　　　2　ときどき　　　　3　いろいろ　　　　4　ぺらぺら

題 25　にかいまで　かいだんで　いきますか？（　　　）で　いきますか？

　　1　レストラン　　　2　サラリーマン　　3　アルバイト　　　4　エスカレーター

題 26　（　　　）　こうえんで　すずきさんに　あった。

　　1　らいねん　　　　2　けさ　　　　　　3　あす　　　　　　4　まいあさ

題 27　A：ビール、もう　いっぱい　（　　　）ですか？

　　B：じゃ、いただきます。

　　1　おいくつ　　　　2　どうして　　　　3　いかが　　　　　4　どちら

題 28　A：（　　　）、いっしょに　がんばりましょう！

　　B：ええ、いっしょに　がんばりましょう！

　　1　さあ　　　　　　2　やあ　　　　　　3　わあ　　　　　　4　まあ

題 29　きむらさんは　じが　（　　　）ですから、うらやましいです。

　　1　べんり　　　　　2　きたない　　　　3　へた　　　　　　4　うまい

題30 せんせい：キムさん、きのうは　かぜをひいて、（　　　）だいがくに

こなかった　ね。わかった。

キム：せんせい、ほんとうに　すみませんでした。

1　それから　　　2　それに　　　　3　それで　　　　4　そして

もんだい4 _____の ぶんと　だいたい　おなじ　いみの　ぶんが　あります。
1・2・3・4から　いちばん　いい　もの　をひとつ　えらんでください。
（れい）　あのふたりは　わたしの　りょうしんです。
1　あのふたりは　わたしの　そふ　と　そぼです。
2　あのふたりは　わたしの　おとうと　と　いもうとです。
3　あのふたりは　わたしの　せんせい　と　クラスメイトです。
4　あのふたりは　わたしの　ちち　と　ははです。

題31 もっと　ゆっくり　はなしてください。

1　もっと　おそく　はなしてください。

2　もっと　はやく　はなしてください。

3　もっと　おもしろく　はなしてください。

4　もっと　ながく　はなしてください。

題32 ひるごはんのまえに　ぎゅうにゅうを　のんで、それから　たばこを　す

いました。

1　たばこを　すってから、ぎゅうにゅうを　のんで　ランチを　たべました。

2　たばこを　すうまえに、ぎゅうにゅうを　のんで　ランチを　たべました。

3　ぎゅうにゅうを　のむまえに、たばこを　すって　ランチを　たべました。

4　ぎゅうにゅうを　のんで、たばこを　すってから　ランチを　たべました。

題 33 **いまは　さんじ　ごふんまえ　です。**

1　いまは　さんじ　ごふんです。

2　ごふんまえは　さんじでした。

3　ごふんごは　さんじです。

4　さんじの　あとは　ごふんです。

題 34 **せんぱいに　ふるい　じしょを　もらった。**

1　せんぱいは　わたしに　ふるい　じしょを　くれた。

2　せんぱいは　わたしに　ふるい　じしょを　もらった。

3　わたしは　せんぱいに　ふるい　じしょを　あげた。

4　わたしは　せんせいに　ふるい　じしょを　かした。

題 35 **すみません、このみちを　まっすぐ　いってください。**

1　すみません、このみちを　みぎに　まがって　ください。

2　すみません、このみちを　ひだりに　まがって　ください。

3　すみません、このみちを　まがらないで　ください。

4　すみません、このみちを　とおらないで　ください。

言語知識（文法）・読解（50 ぷん）

もんだい1 （　　　）に　なにが　はいりますか。

1・2・3・4から　いちばん　いい　もの　をひとつ　えらんでください。

（れい）　これ（　　　）　かさです。

1 に　　　　　2 で　　　　　3 を　　　　4 は

題1 先週　ふね（　　　）　九州へ　行きました。

1 から　　　　　2 を　　　　　3 で　　　　　4 に

題2 スミスさんは　英語（　　　）　苦手ですが、フランス語（　　　）　上手です。

1 を / を　　　　2 で / で　　　　3 に / に　　　　4 は / は

題3 もうすぐ　大学（　　　）　卒業しますから、心が　寂しくなりました。

1 と　　　　　2 を　　　　　3 で　　　　　4 に

題4 来週　久しぶりに　故郷の　友人（　　　）　会いますから、心が　ワクワクです。

1 を　　　　　2 が　　　　　3 に　　　　　4 から

題5 一郎：昨日　洋子ちゃんと　ふたり（　　　）　デート（　　　）　行きましたよ。

健太：へえ、そうですか。何処へ　行きましたか？

1 と / に　　　　2 と / を　　　　3 で / に　　　　4 で / を

152

題6　一回（　　　）　パリに　行ったことが　ありませんが、大好きです。

　　1　は　　　　　　　　2　ほど　　　　　　3　だけ　　　　　　4　しか

題7　田中さん、よかったら、今度　一緒に（　　　　　）。

　　1　花見をしますか　　　　　　　　　2　花見ができますか
　　3　花見をしませんか　　　　　　　　4　花見をしていますか

題8　前田：もうレポートを書きましたか？

　　伊藤：いいえ、まだです。（　　　）　頑張って　書きます。

　　1　これから　　　2　それから　　　3　あれから　　　4　どれから

題9　昨日見た　アニメは　（　　　）おもしろかったです。

　　1　なかなか　　　2　ぜんぜん　　　3　あまり　　　4　たくさん

題10　音楽を　（　　　）ながら、マンガを読んでいます。

　　1　きく　　　　　　2　きき　　　　　3　きいた　　　4　きいて

題11　先生：大阪で　何か　美味しいものを　食べましたか？

　　学生：（　　　　）。

　　1　はい、美味しかったです　　　　2　美味しかったです
　　3　はい、お好み焼きを食べました　　4　お好み焼きを食べました

題12　プロポーズは三回も失敗したので、（　　　）　やめました。

　　1　も　　　　　　　2　また　　　　　3　まだ　　　　　4　もう

題 13　学生：先生、論文は　いつ　（　　　　）　出さなければなりませんか。

先生：今月の 20 日です。

1　まえ　　　　　2　のまえ　　　　3　まで　　　　4　までに

題 14　今度　じかんが（　　　　）、遊びに来てくださいね。

1　あっても　　　2　あったら　　　3　なくでも　　　4　なかったら

題 15　山下：「さき　安藤さんと　（　　　　）を　話してたの？」

鈴木：「いや、（　　　　）も　話さなかったよ！」

1　なに / なに　　2　なん / なん　　3　なに / なん　　4　なん / なに

題 16　店員：「いらっしゃいませ。」

遠藤：「すみません、抹茶ケーキを　3つ　ください。」

店員：「（　　　　）。2100 円です。」

1　はじめまして　　　　　　　　　2　すごいですよ

3　かしこまりました　　　　　　　4　かまいません

もんだい2 ___★___ に 入る ものは どれですか。

1・2・3・4から いちばん いい もの をひとつ えらんでください。

（れい） あの ＿＿＿＿ ＿＿＿＿ ＿★＿ ＿＿＿＿。鈴木さんです。

1 山田さん　　2 ひと　　　　3 は　　　　　4 じゃありません

こたえかた

（ただしい 文を つくります）

あの ＿＿＿＿＿ ＿＿＿＿＿ ＿★＿ ＿＿＿＿。鈴木さんです。

2 ひと　　　　3 は　　　　　1 山田さん　　4 じゃありません

こたえが 1 山田さん です。

題 17 りゅうがくに ＿＿＿＿ ＿＿＿＿ ＿★＿ ＿＿＿＿、かれは がっこうを や

めて いまの しごとを はじめた。

1 ので　　　　　2 おかねが　　　3 いく　　　　4 なかった

題 18 としょかんで ＿＿＿＿ ＿＿＿＿ ＿★＿ ＿＿＿＿です。

1 おおごえで　　2 ことが　　　3 めいわく　　4 はなす

題 19 秋山：＿＿＿＿ ＿＿＿＿ ＿★＿ ＿＿＿＿ をおしえましょうか。

ロバート：ありがとうございます。

1 わたし　　　2 よかったら　　3 にほんご　　4 で

題 20 ぎんこうと スーパーの ＿＿＿＿ ＿＿＿＿ ＿★＿ ＿＿＿＿ コーヒーを

飲んだ。

1 で　　　　　　2 あいだに　　　3 喫茶店　　　4 ある

題 21 坂本さんは しょうらい 看護師 ＿＿＿＿ ＿＿＿＿ ＿★＿ ＿＿＿＿。

1 に　　　　　2 いった　　　3 なりたい　　4 と

昨日は 学校の ピクニックの日 でした。三年A組の 田中くんと 木村くんは 作文を 書きました。

1

きのうは 学校の ピクニックの 日でした。みんなで 明治公園 **22** 2時間ほど 散歩しました。天気が **23** が、すこし あつかったです。公園の前にある コンビニに **24** アイスクリームが あったので、買って歩きながら食べました。楽しい 一日を 過ごしました。

三年A組 田中一郎

2

きのうは 学校の ピクニックの 日でした。でも ぼくは 風邪を **25** ので、家で 休みました。からだが とても 疲れたから、おとといの夜10時から 昨日の午後1時まで、15時間 **26** 寝ていました。午後、田中君に メールと 写真をもらって、うらやましかったです。**27** 絶対 皆さんと 一緒に 行きたいです。

三年A組 木村次郎

22 1 で　　　　2 に　　　　3 を　　　　4 が

23 1 いいです　　　　　　　　2 よかったです

　　　3 いいでした　　　　　　　4 よくなかったです

24 1 おいしそうな　　　　　　2 おいしい

　　　3 おいしいだった　　　　　4 おいしかった

25 1 もらった　　2 ひいた　　3 あった　　4 なった

26	1 だけ	2 しか	3 も	4 もう
27	1 いつ	2 いつか	3 どこ	4 どこか

もんだい4 つぎの1から3の ぶんしょうを 読んで、しつもんに こたえてください。
こたえは 1・2・3・4から いちばん いい もの をひとつ えらんでください。

「わたし」の じこしょうかい

1

「わたし」は 一枚（いちまい）の 紙（かみ）です。私（わたし）の体（からだ）に 人（ひと）の名前（なまえ）や 住所（じゅうしょ）などが あります。私（わたし）の 体（からだ）を 見（み）たら、その人（ひと）の 名前（なまえ）の読（よ）み方（かた）が 分（わ）かります。それに、その人（ひと）がどこに 住（す）んでいるかも 分（わ）かります。もちろんメールの 送（おく）り方（かた）も あるから、分（わ）かります。

題28 私（わたし）の 体（からだ）に 「ない」ものは 何（なん）ですか？

1 名前（なまえ）

2 メールアドレス

3 誕生日（たんじょうび）

4 住所（じゅうしょ）

（会社（かいしゃ）で）
キムさんが このノートを 見（み）ました。

2

キムさん

今日（きょう）は用事（ようじ）があるので、いつもの6時半（じはん）より少（すこ）し早（はや）く帰（かえ）ります。キムさんにはお願（ねが）いがありますが、7時（じ）ごろに宅急便（たっきゅうびん）の人（ひと）が来（く）ると思（おも）いますが、私（わたし）への荷物（にもつ）をもらってください。お金（かね）はもう払（はら）ったので、払（はら）わなくてもいいです。では、お先（さき）に失礼（しつれい）します。

佐藤三郎（さとうさぶろう）

題29 今日　キムさんは　何を　しなければなりませんか？

1　佐藤さんの　荷物を　送らなければ　なりません。

2　佐藤さんの　荷物を　もらわなければ　なりません。

3　7時まで　佐藤さんを　待たなければ　なりません。

4　宅急便の人に　お金を　払わなければ　なりません。

サントスさんは　動物の　鳴き声の　レポートを　書きました：

3　昔の日本の動物の鳴き声は、今のと全然違っていました。犬はワンワンではなくビヨビヨでした。猫はニャンニャンが今の鳴き声ですが、昔はネウネウと書いて、ネンネンと読んでいました。他の国に行くと、動物の鳴き声は変わります。例えば中国では、猫はニャンニャンではなく、ミャオミャオが普通です。そして、アメリカの犬はバウバウです。このような動物の鳴き声はオノマトペと言って、本当に面白いですね。

題30 どれが　正しいですか？

1　アメリカの　犬の鳴き声も　日本の　犬の鳴き声も　ワンワンです。

2　日本では、今の　猫の鳴き声は　ニャンニャンですが、昔は

　　ミャオミャオでした。

3　昔、日本の猫は　ネウネウと　鳴きました。

4　昔、日本の　犬の鳴き声は　今と同じ　じゃありませんでした。

もんだい5 つぎの ぶんしょうを 読んで、しつもんに こたえてください。こたえは1・2・3・4から いちばん いい もの をひとつ えらんでください。

劉さんは 次の 作文を 書きました：

タイトル：クラスメイトは スピーチコンテストで 一番に なりました

先週の スピーチコンテストで、同じクラスの リーミンさんが 一番に なりました。リーミンさは、故郷の モンゴルから 日本に 来て、もうすぐ 3年に なります。はじめは 全然 日本語が できませんでしたが、日本人 の友達を たくさん 作って 一生懸命 勉強したので、だんだん 上手に なりました。リーミンさんは スピーチコンテストで 日本の デザートの話 を しました。日本人は あまり 甘くない 飲み物を 飲みながら、甘い デザートを 食べるのが 好きだと 話しました。
リーミンさんは 日本料理に 興味があって、故郷に 帰ったら、故郷の 日本レストランで 働きたい と言いました。ですから、来年は 専門学校で 日本の食べ物の文化を 勉強します。

題31 リーミンさんは どうして 日本語が 上手に なりましたか？

1 日本人の 友達が たくさん 出来ましたから。

2 日本の レストランで 働きましたから。

3 スピーチコンテストで 一番に なりましたから。

4 専門学校で 日本の食べ物の文化を 勉強しましたから。

題 32 日本人は どんな 飲み物を 飲みながら、どんな 甘いものを 食べますか?

1 砂糖が少ない コーヒーを 飲みながら、イチゴケーキを 食べます。

2 砂糖が多い コーヒーを 飲みながら、イチゴケーキを 食べます。

3 砂糖が少ない コーヒーを 飲みながら、甘くない チョコレートを 食べます。

4 砂糖が多い コーヒーを 飲みながら、甘い チョコレートを 食べます。

もんだい 6 絵をを見て、下の しつもんに こたえてください。こたえは 1・2・3・4から いちばん いい もの をひとつ えらんでください。

クラスメイトの イさんは ノートに カタカナを 書きました:

カタカナ	意味	作文
①ラベンダー	紫色の花	北海道でラベンダーを見ました。
②ベテラン	せんぱいの人	会社のベテランに仕事を習いました。
③ベランダ	家の外にあって洗濯機を置く所	ベランダに洗濯機を置きました。
④カレンダー	これを見たら、今日は何月何日何曜日か、分かります	カレンダーに彼女の誕生日を書きました。
⑤レンタカー	店で借りた車	レンタカーに乗って彼女と北海道に行きました。

題 33 これから、イさんは 旅行の 作文を 書きます。

1. いつ 旅行に いきますか？

2. だれと 一緒に いきますか？

3. どうやって 行きますか？

三つの 内容を 書かなければなりません。イさんが 使える カタカナは

どれですか？

1 カレンダー、ラベンダー、レンタカー

2 カレンダー、ベテラン、レンタカー

3 ベテラン、ラベンダ、ベランダ

4 カレンダー、ベテラン、ベランダ

N5 模擬試験

もんだい1

もんだい1では、はじめに しつもんを きいて ください。それからはなしを きいて、もんだいようしの 1から4の なかから、いちばんいい ものを ひとつ えらんで ください。

題1

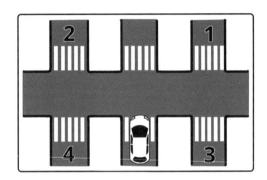

題2

   1 仕   2 伙   3 沐   4 泊

題3

題4

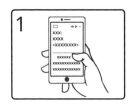

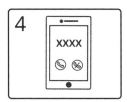

題5

題6

題7

題8

1　マグロを 2 つと、サーモンを 1 つで、全部わさびが要ります

2　マグロを 2 つと、サーモンを 1 つで、全部わさびが要りません

3　マグロを 2 つと、サーモンを 1 つで、サーモンだけわさびが要りません

4　マグロを 2 つと、サーモンを 1 つで、マグロだけわさびが要りません

題9

1　具合が悪いから　　　　　　　　2　仕事がうまくいかないから

3　彼が冷たいから　　　　　　　　4　お金がないから

題 10

1 ハンバーグセットとアイスコーヒー

2 カレーライスとアイスコーヒー

3 ハンバーグセットとホットコーヒー

4 カレーライスとホットコーヒー

題 11

1 緑のボタン　　2 青いボタン　　3 赤いボタン　　4 黄色いボタン

題 12

1 面白い人　　　　　　　　2 冷たい人

3 優しい人　　　　　　　　4 明るい人

題 13

もんだい 3

もんだい 3 では、えを みながら しつもんを きいて ください。
➡ (やじるし) の ひとは なんと いいますか。1 から 3 の な
かから、いちばん いい ものを ひとつ えらんで ください。

題 14

| 1 | 2 | 3 |

題 15

| 1 | 2 | 3 |

題 16

| 1 | 2 | 3 |

題 17

| 1 | 2 | 3 |

題 18		
1	2	3

もんだい 4

もんだい 4 は、えなどが ありません。ぶんを きいて、1 から
3 の　なかから、いちばん いい ものを ひとつ えらんで くだ
さい。

題 19		
1	2	3

題 20		
1	2	3

題 21		
1	2	3

題 22		
1	2	3

題 23		
1	2	3

題 24		
1	2	3

題 25		
1	2	3

題 26		
1	2	3

〜お疲れさまでした〜

答案、中譯與解說

第一部分：語音知識

1

題1　**答案**：2
　　　中譯：今次的音樂會，一起去聽嗎？
　　　解說：「楽」的廣東話發音為 lok（快樂）時，日語音讀是らく；發音為 ngok（音樂）時，音讀則會是がく。

題2　**答案**：2
　　　中譯：豬肉和雞肉，較喜歡哪一種？
　　　解說：「肉」(yuk) 是 uk 入聲，日語音讀會較多變成く。

題3　**答案**：4
　　　中譯：現在，站在火車站頂的是誰？

題4　**答案**：3
　　　中譯：已經是上課的時間，請返回座位。

2

題1　**答案**：4
　　　中譯：其實，我很喜歡木村小姐 / 先生。
　　　解說：從「実」(sat) 的廣東話拼音可推斷，日語尾音應該是つ或ち，故 1、2 可剔除。

題2　**答案**：4
　　　中譯：恕我冒昧 / 抱歉，請問您叫甚麼名字？
　　　解說：從「礼」(li) 的普通話拼音可推斷，日語尾音不可能是ん，則 2 可剔除，參考本書 **5　撥音**。

題3　**答案**：1
　　　中譯：在神社抽籤抽到大吉。
　　　解說：從「吉」(gat) 的廣東話拼音可推斷，日語尾音應該是つ或ち，故 2、4 可剔除。

題4　**答案**：2
　　　中譯：那一架是世界上最快的飛機。

3

題1 **答案**：4

中譯：外面救護車正在行駛中。

解說：從「急」（gap）的廣東話拼音可推斷，尾音應該是う或つ，故 1、2 可剔除。另外「救」（jiu）音讀有長音，參閱本書 **10** ▶ **長音 I**。

題2 **答案**：1

中譯：這間房間的濕度很高。

解說：從「濕」（sap）的廣東話拼音可推斷，尾音應該是う或つ，故 2、4 可剔除。

題3 **答案**：1

中譯：恭喜你合格！

解說：從「合」（hap）的廣東話拼音可推斷，尾音應該是う或つ，故 2、4 可剔除。另外，從「格」（gaak）的廣東話拼音可推斷，其尾音應該是く或き，故 3 可剔除。

題4 **答案**：3

中譯：起立，敬禮，老師早安。

解說：從文字意思上可推斷答案是 3。另外，日語音讀「りつ」的話，廣東話尾音有機會有 p，故選項 3「立」（lap）的可能性大。

題1 **答案**：3

中譯：失敗了很多次後，終於成功了。

題2 **答案**：2

中譯：那本是甚麼雜誌？

題3 **答案**：2

中譯：田中先生 / 小姐每一天都勤奮地學習法文。

題4 **答案**：1

中譯：筷子、湯匙和叉子等的東西，都在廚櫃裏。

解說：從文字意思上可推斷答案是 1。另外，日語音讀「しょっ」的話，即其原型可能是「しょう」/「しょつ」（但實際上並無這個音）/「しょく」其中一個；與此同時廣東話尾音亦有機會是 p、t 或 k 的其中一個，故選項 1「食」（sik）的可能性大。

5

題 1　**答案**：2

　　　中譯：請問這份報紙多少錢？

　　　解說：「新聞」（xin wen）普通話最後均是 n 結束，日語尾音都一定有「ん」，故 3、4 可剔除。

題 2　**答案**：2

　　　中譯：我把麵包分一半給朋友。

題 3　**答案**：4

　　　中譯：如果天氣好的話，就去散步吧。

題 4　**答案**：3

　　　中譯：因為明天有考試，所以很擔心。

6

題 1　**答案**：2

　　　中譯：全部一共一千日元。

　　　解說：從「全」（quan）和「千」（qian）的普通話拼音可推斷，兩字日語音讀很有可能是 en，故 1、3、4 可剔除。

題 2　**答案**：2

　　　中譯：這次的工作可能很困難。

題 3　**答案**：1

　　　中譯：那些人正在用大阪腔聊天。

題 4　**答案**：3

　　　中譯：我會拼命學習。

7

題 1　**答案**：1

　　　中譯：九州的牛肉著名嗎？

題 2　**答案**：3

　　　中譯：學生們假日做甚麼？

題 3　**答案**：4

中譯：哎啊，你頭部在出血啊。發生了甚麼事情？

題 4 **答案：**2

中譯：這個絕對不能說出來。

8

題 1 **答案：**2

中譯：上週六氣溫是 36 度。

解說：從「土」（tu）和「度」（du）的普通話拼音可推斷，兩字日語音讀很有可能是 o，故 1、3、4 可剔除。

題 2 **答案：**3

中譯：印尼的首都是雅加達。

題 3 **答案：**2

中譯：得到社長的許可了。

解說：從「許」（xu）的普通話拼音可推斷，日語音讀很有能是 yo，故 1、3 可剔除。

題 4 **答案：**4

中譯：從這裏到貴國距離有多遠？

9

題 1 **答案：**3

中譯：我希望能夠在韓國公司工作。

解說：從「韓」（han）、「希」（xi）的普通話拼音可推斷，日語子音很有可能是 k，故 1、2、4 可剔除。

題 2 **答案：**4

中譯：請問電話號碼是幾號？

解說：「号」（hao）的音讀有長音，參閱本書 **10** **長音 I**。

題 3 **答案：**3

中譯：人有各種各樣的性格。

解說：雖然「性」（xing）的普通話子音是 x，但廣東話子音是 s，在子音是「普 x 廣 s」的情況下，一般不能套用於本書 **9** 的理論，故 1、2 可剔除。

答案：4

中譯：第一次坐船橫渡日本海。

10

答案：2

中譯：上星期去了百貨公司購物。

解說：「週」（zhou）的普通話拼音是 ao 兩個母音相連，日語長音機會大，故 1、3 可剔除。

答案：1

中譯：下星期和祖父一起去圖書館。

解說：「祖」（zu）和「図」（tu）的普通話拼音不是兩個母音相連，屬於單母音，日語長音機會相對較小，故 2「そう」、3「とう」、4「そう」/「とう」可剔除。

答案：4

中譯：那個不是免費，是收費的。

解說：「有」（you）和「料」（liao）的普通話拼音是 ou 和 ao 兩個母音相連，日語長音機會大，故 1、2、3 可剔除。

答案：2

中譯：上課途中不可以睡覺。

解說：雖然「授」（shou）是 ou 兩個母音相連，但普通話拼音 shou 一般不會變日語長音。故 3、4 可剔除。另外，廣東話 p 尾會變成日語長音う/つ，故「業」（yip）應有う/つ，1、3 可剔除，參考本書 **3** 入聲 III。

11

答案：3

中譯：這間店舖的便當又便宜又好吃。

答案：4

中譯：在大學，我主修經濟。

解說：「経」（jing）和「攻」（gong）的普通話拼音均是 ng 結束，日語長音機會大，故 1、2、3 可剔除。

| 題 3 | **答案：**1 |

中譯：人生中，我認為友情是最重要的。

解說：「情」（qing）的普通話拼音是 ng 結束，日語長音機會大，故 2、4 可剔除。另外，「友」（you）的普通話拼音是 ou 兩個母音相連，日語長音機會大，故 3 亦可剔除，參考本書 **10** ▶ **長音 I**。

| 題 4 | **答案：**2 |

中譯：請問你有去過日本的東北地區嗎？

解說：「東」（dong）和「方」（fang）的普通話拼音均是 ng 結束，日語長音機會大，故 1、3 和 4 可剔除。

12

| 題 1 | **答案：**4 |

中譯：這部是哪個國家的電影？

解說：「ええ」是感嘆詞，不可能是「映」的音讀，故 1、3 可剔除。

| 題 2 | **答案：**3 |

中譯：平成 31 年，也就是令和元年。

解說：「へえ」是感嘆詞，不可能是「平」的音讀，故 1、4 可剔除。「令」（ling）無論普通話還是廣東話拼音，其子音均是 l，日語音讀不可能是 n，故 2、4 可剔除。

| 題 3 | **答案：**1 |

中譯：這個是山田先生 / 小姐的姐姐給我的禮物。

| 題 4 | **答案：**4 |

中譯：那個人過著奢華的生活。

13

| 題 1 | **答案：**4 |

中譯：好懷念高中時代。

解說：「高校」（gao xiao）的普通話拼音是 ao 兩個母音相連，日語長音機會大，故 1、3 可剔除，參考本書 **10** ▶ **長音 I**。

| 題 2 | **答案：**4 |

中譯：這件事情，請跟課長商量一下。

解說：「相」（xiang）普通話拼音最後 ng 結束，日語長音機會大，故 1、
3 可剔除，參考本書 **11** **長音 II**。

題 3　　答案：3

中譯：父親在大阪工作。

解說：お父さん的「父（とう）」是少數 ou 的訓讀。

題 4　　答案：2

中譯：如果明天沒有事情要辦的話，一起去動物園嗎？

14

題 1　　答案：2

中譯：由宿舍去到學校要花多少時間？

題 2　　答案：1

中譯：和教會的人一起去大阪城。

題 3　　答案：2

中譯：這是一個相當堅固的建築物。

題 4　　答案：2

中譯：因為贏了比賽，所以得到獎金。

15

題 1　　答案：2

中譯：醫學每一天都在進步。

解說：「步」（bu）的普通話拼音不是兩個母音相連，屬於單母音，日語長
音機會相對較小，故 3「ほう」、4「ぽう」可剔除，參考本書 **10**
長音 I。

題 2　　答案：4

中譯：昨夜喝了一杯（or 很多）酒。

題 3　　答案：1

中譯：那個金髮的老師，正在唱歌。

題 4　　答案：4

中譯：有來自別府市出版社的聯絡。

16

題1 **答案**：3

中譯：皮包在外面。

解說：1 うち的漢字為「內」，意思是「裏面 / 內部」。

2 なか的漢字為「中」，意思是「裏面 / 之中」。

3 そと的漢字為「外」，意思是「外面」。

4 おく的漢字為「奧」，意思是「深處」。

題2 **答案**：4

中譯：銀行與超市之間有一條小徑。

解說：1 隣（となり），意思是「位於某人或某物的左右邊」。

2 中（なか），意思是「裏面 / 之中」。

3 傍（そば），意思是「位於某人或某物的旁邊，無特定方位」。

4 間（あいだ），意思是「之間」。

題3 **答案**：1

中譯：每一天太陽從東方升起。

解說：1 東（ひがし），意思是「東方」。

2 南（みなみ），意思是「南方」。

3 西（にし），意思是「西方」。

4 北（きた），意思是「北方」。

題4 **答案**：3

中譯：我的家在三樓，上面是田中先生 / 小姐的家，下面是佐藤先生 / 小姐的家。

1 田中先生 / 小姐的家在三樓。

2 田中先生 / 小姐的家在二樓。

3 佐藤先生 / 小姐的家在二樓。

4 佐藤先生 / 小姐的家在三樓。

17

題1 **答案**：3

　　中譯：明天應該是陰天吧。

　　解說：1　つもり是「打算」的意思。句型是辭書形 / ない形 + つもり。

　　　　　　2　沒有此字。

　　　　　　3　くもり的漢字為「曇り」，意思是「陰天」。

　　　　　　4　くすり的漢字為「薬」，意思是「藥物」。

題2 **答案**：2

　　中譯：雀鳥能夠在天空自由飛翔。

　　解說：1　かわ的漢字為「川」，意思是「河流」。

　　　　　　2　そら的漢字為「空」，意思是「天空」。

　　　　　　3　やま的漢字為「山」，意思是「山」。

　　　　　　4　うみ的漢字為「海」，意思是「大海」。

題3 **答案**：2

　　中譯：說起日本的冬天，畢竟還是雪，又雪白又漂亮啊。

　　解說：1　かぜ的漢字為「風」或「風邪」，意思是「風」或「感冒」。

　　　　　　2　ゆき的漢字為「雪」，意思是「雪」。

　　　　　　3　あめ的漢字為「雨」或「飴」，意思是「雨」或「糖」。

　　　　　　4　しま的漢字為「島」，意思是「島嶼」。

題4 **答案**：1

　　中譯：現在是秋天。

　　　　　　1　之前的季節是夏天。　　　　2　之前的季節是冬天。

　　　　　　3　之後的季節是春天。　　　　4　之後的季節是秋天。

18

題1 **答案**：3

　　中譯：長野是有很多綠色植物的地方。

　　解說：1　ちゃいろ的漢字為「茶色」，意思是「棕色」。

　　　　　　2　しろ的漢字為「白」，意思是「白色」。

3　みどり的漢字為「緑」，意思是「綠色」。

4　あお的漢字為「青」，意思是「藍色」。

題2　**答案：**1

中譯：不好意思，請讓我看一下那把橙色的雨傘。

解說：おれんじ的片假名為「オレンジ」，其餘的選項均是虛構。

題3　**答案：**4

中譯：因為那個是交通燈，

1　所以又白又綠。　　　　　2　所以又紅又棕。

3　所以又白又棕。　　　　　4　所以又紅又綠。

解說：日本近代剛引入交通燈時，是紅藍兩色，故稱為「赤信号」和「青信号」，但由於綠色比藍色容易看，後來改成綠色，但日語還是「赤信号」和「青信号」，沿用至今。

題4　**答案：**1

中譯：因為在比賽成為了第一名，

1　所以得到了金牌。　　　　2　所以得到了銀牌。

3　所以得到了粉紅牌。　　　4　所以得到了紫牌。

19

題1　**答案：**2

中譯：請給我三個蘋果五個蜜柑。

解說：1　4 個 /9 個　　　　　2　3 個 /5 個

3　1 個 /8 個　　　　　4　6 個 /2 個

題2　**答案：**1

中譯：全部一共 800 日元。

解說：800 日元的正確讀音為「はっぴゃく」。選項 2、3、4 皆為錯誤的讀法。

題3　**答案：**3

中譯：我的家有父母，兩位哥哥，一位妹妹（和我）。

1　我的家有四個人。　　　　2　我的家有五個人。

3　我的家有六個人。　　　　4　我的家有七個人。

題 4	**答案**：1

中譯：雖然這件衣服要 20,000 日元，但是有八折，

1　所以是 16,000 日元。	2　所以是 19,000 日元。
3　所以便宜了 3,000 日元。	4　所以便宜了 5,000 日元。

解說：この服は二万円でしたが、20％オフ（2 割引です）です。オフ相當於英文的「off」，與「20% off」的意思一樣。「わりびき」的漢字為「割引」，意思是「折扣」。「割引」前面放數字如「2 割引」，即按原價減去 20%，即打八折。

20 ▶

題 1	**答案**：1

中譯：已經去過三次京都。

解說：從「回」（hui）的普通話拼音可推斷，日語子音很有可能是 k/g，故 2、4 可剔除，參考本書 **9 ▶ 子音 I**。

1　さんかい的漢字為「三回」，意思是「三次」。

2　さんたい的漢字為「三体」，意思是「三體」。

3　さんがい的漢字為「三階」，意思是「三樓」。

4　さんだい的漢字為「三台」，意思是「三部」。

題 2	**答案**：4

中譯：不好意思，請給我兩瓶啤酒。

解說：1　まい的漢字為「枚」，用於計算「扁平狀」的東西上如紙張、T 恤等。

2　さつ的漢字為「冊」，用於計算書本雜誌。

3　だい的漢字為「台」，用於計算車輛、機器等。

4　ほん的漢字為「本」，用於計算形狀呈現細長狀的東西上。

題 3	**答案**：4

中譯：我送了男朋友一件襯衫。

題 4	**答案**：1

中譯：進入動物園，一位成人要 300 日元，一位小童要 200 日元。今天成人有三位，小童有四位，所以

1	全部一共 1,700 日元。	2	全部一共 1,900 日元。
3	全部一共 2,100 日元。	4	全部一共 2,300 日元。

21

題 1 **答案：**4

中譯：前日是老師的生日。

解說： 1 きょう的意思是「今日」，漢字是「今日」。

2 きのう的意思是「昨天」，漢字是「昨日」。

3 さき的漢字為「先」，意思是「剛才」。

4 おととい的漢字為「一昨日」，意思是「前天」。

題 2 **答案：**2

中譯：今天早上甚麼也沒有吃。

題 3 **答案：**3

中譯：去年，好想去北海道。

解說： 1 まいとし的漢字為「毎年」，意思是「每年」。

2 らいげつ的漢字為「来月」，意思是「下個月」。

3 きょねん的漢字為「去年」，意思是「去年」。

4 あさって的漢字為「明後日」，意思是「後天」

由於句子中用了いきたかった（行きたかった），即過去形，故要

選擇有過去意思的答案，即選項 3。

題 4 **答案：**4

中譯：因為弟弟今年 20 歲，

1	所以去年是 18 歲。	2	所以去年是 22 歲。
3	所以明年是 19 歲。	4	所以明年是 21 歲。

22

題 1 **答案：**2

中譯：現在是下午 4 時 6 分。

題 2 **答案：**4

中譯：中文的測驗在九月二日舉行。

答案：2

中譯： 因為昨天是星期三，

    1 所以今天是星期二。   2 所以今天是星期四。

    3 所以明天是星期六。   4 所以明天是星期天。

題 4   **答案：**3

中譯： 下個月會去英國兩星期。

    1 所以會在英國 7 天。   2 所以會在英國 10 天。

    3 所以會在英國 14 天。   4 所以會在英國 20 天。

23

題 1   **答案：**4

中譯： 我想成為一個堅強的人。

解說： 1 はやい的漢字為「早い」或「速い」，意思是「早的」或「快的」。

    2 よわい的漢字為「弱い」，意思是「脆弱的」。

    3 ふるい的漢字為「古い」，意思是「舊的」。

    4 つよい的漢字為「強い」，意思是「堅強的」。

題 2   **答案：**4

中譯： 因為每天都很忙碌，所以想要假期。

解說： 1 あたらしい的漢字為「新しい」，意思是「新的」。

    2 すばらしい的漢字為「素晴らしい」，意思是「很棒的」。

    3 むずかしい的漢字為「難しい」，意思是「困難的」。

    4 いそがしい的漢字為「忙しい」，意思是「忙碌的」。

題 3   **答案：**3

中譯： 今天 36 度，

    1 所以想喝一杯熱的咖啡。

    2 所以想喝一杯寒冷的咖啡。

    3 所以想喝一杯冰凍的咖啡。

    4 所以想喝一杯無聊的咖啡。

題 4	**答案：**1

中譯：因為家裏很狹窄，所以想搬家。

    1   因為家裏很小，所以想搬家。

    2   因為家裏很遠，所以想搬家。

    3   因為家裏很不方便，所以想搬家。

    4   因為家裏很吵，所以想搬家。

24

題 1	**答案：**4

中譯：人生中，最重要的東西是甚麼？

題 2	**答案：**3

中譯：以前這裏很寧靜，但是現在變得很熱鬧。

解說：1   ひま的漢字為「暇」，意思是「有空」。

    2   ゆうめい的漢字為「有名」，意思是「出名、有名氣」。

    3   しずか的漢字為「静か」，意思是「寧靜、安靜」。

    4   かんたん的漢字為「簡単」，意思是「簡單」。

題 3	**答案：**2

中譯：雖然英語測驗只有 50 分，但是法語測驗卻有 100 分。

    1   英語與法語比較，英語較擅長。

    2   英語與法語比較，英語較不擅長。

    3   法語與英語比較，法語較不擅長。

    4   法語與英語都不擅長。

題 4	**答案：**4

中譯：那個人不太友善。

    1   那個人很精神。

    2   那個人很英俊。

    3   那個人很有趣。

    4   那個人很冷漠。

題1 **答案**：3

中譯：因為今天很寒冷，外出的時候，請記得要穿外套和戴帽子。

解說：きて（着る）是「穿」的意思，用於上半身的衣服，例如シャツを着る（穿襯衣）。而はいて（履く）同樣是「穿」的意思，但用於下半身的褲子、鞋襪類，例如ズボンを履く（穿褲子）。かぶって（かぶる）是「戴」的意思，用於帽子上。而つける雖然亦是「戴」的意思，但多用在飾品類，例如ネクタイをつける（戴領帶）。飾品類亦可用「する」表示，例如ネクタイをする（戴領帶）、指輪をする（戴戒指）。

題2 **答案**：4

中譯：明天的傍晚，會與石川先生／小姐見面。

解說：1　あります的漢字是「在ります／有ります」，意思是「有／在」（用於非動物／昆蟲上）的意思。

2　かえります的漢字是「帰ります」，意思是「回來」。

3　はたらきます的漢字是「働きます」，意思是「工作」。

4　あいます的漢字「会います」，意思是「見面」。

題3 **答案**：3

中譯：我之前雖然有三萬日元，但我向田中先生／小姐借了八萬日元，再借給鈴木先生／小姐六萬日元。

1　現在一元也沒有。　　　　　2　現在有三萬日元。

3　現在有五萬日元。　　　　　4　現在有七萬日元。

解說：かりて（借ります）的意思是「借入」。かしました（貸します）的意思「借出」。

題4 **答案**：3

中譯：外面嘩啦嘩啦的在下雨。

1　雨在靜靜的下著。　　　　　2　雨下了很長時間。

3　雨下得很大。　　　　　　　4　雨下一會兒又停一會兒。

解說：題目的ざーざー是擬聲詞，與中文的「沙、沙」的發音相似，同樣都是模擬下大雨時的聲音，故可推算到題目ざーざー是指下很大的雨。

題1　**答案：**3

　　中譯：昨天跟朋友踢足球，雖然很開心，但是很疲倦。

　　解說：1　おぼえます的漢字為「覚えました」，意思是「記得」。

　　　　　2　でかけました的漢字為「出かけました」，意思是「外出」。

　　　　　3　つかれました的漢字為「疲れました」，意思是「疲累」。

　　　　　4　わすれました的漢字為「忘れました」，意思是「忘記」。

題2　**答案：**3

　　中譯：感到冷的時候就關空調，熱的時候就請開空調。

　　解說：あけます（開けます）是「打開門、窗等（類似英語 open）」的意思，而しめます（閉めます）是「關閉門、窗等（類似英語 close）」的意思。つけます是「開電燈、冷氣等（類似英語 turn on/switch on）」的意思，けします（消します）是「關掉電燈、冷氣等（類似英語 turn off/switch off）」的意思。

題3　**答案：**4

　　中譯：大學附近建好了一間百貨公司。

　　　　　1　大學附近建好了有名的醫院。

　　　　　2　大學附近建好了漂亮的餐廳。

　　　　　3　大學附近建好了很大的美術館。

　　　　　4　大學附近建好了很大的商店。

題4　**答案：**3

　　中譯：每次出門前都會洗澡。

　　　　　1　每次出門前都會聽收音機。

　　　　　2　每次出門前都會喝咖啡。

　　　　　3　每次出門前都會淋浴。

　　　　　4　每次出門前都會穿褲子。

　　解說：シャワーを浴びます 的意思是「淋浴」。而浸浴的日文是「お風呂に入ります」。

27

題1 **答案**：1

中譯：因為明天很閒，所以不來幫忙也可以。

解說：1　こなくてもいいです的意思是「不來也可以」。

　　　　2　きいてください的意思「請聽我說」。

　　　　3　こなければなりません的意思是「不得不來」。

　　　　4　きってください的意思是「請切開」。

題2 **答案**：3

中譯：因為哥哥明年結婚，所以會有新的家庭／家人。

解說：1　うんてん的漢字是「運転」，意思是「駕車」。

　　　　2　べんきょう的漢字是「勉強」，意思是「學習」。

　　　　3　けっこん的漢字是「結婚」，意思是「結婚」。

　　　　4　ざんぎょう的漢字是「残業」，意思是「加班」。

題3 **答案**：1

中譯：山下先生／小姐後天大學畢業。

　　　　1　山下先生／小姐會和老師說「謝謝你們一直以來的照顧」。

　　　　2　山下先生／小姐會和老師說「我吃飽了」。

　　　　3　山下先生／小姐會和老師說「初次見面」。

　　　　4　山下先生／小姐會和老師說「請借給我」。

題4 **答案**：1

中譯：寒假和父母一起去旅行。

　　　　1　寒假與爸爸和媽媽去旅行。

　　　　2　寒假與姐姐和弟弟去旅行。

　　　　3　寒假與老師和同學去旅行。

　　　　4　寒假與老闆和部下去旅行。

題1　**答案：**4

中譯：有時候會到以前的中學與老師見面。

解說：1　雖然「時」的音讀是じ，但じじ的意思卻是「老爺爺」。

　　　　2　しじ的意思是「指示」、「支持」。

　　　　3　どきどき的意思是指「心撲通撲通地跳」。

　　　　4　ときどき的意思是「有時候」。

題2　**答案：**3

中譯：已經快九點了，差不多是時候要回家。

解說：1　もっと的意思是「更多」。

　　　　2　すこし的漢字是「少し」，意思是「少許」、「一些」。

　　　　3　そろそろ的意思是「差不多」。

　　　　4　たくさん的漢字是「沢山」，意思是「很多」。

題3　**答案：**3

中譯：昨天過了10點睡。

　　　　1　昨天9點55分睡覺。　　　　2　昨天10點睡覺。

　　　　3　昨天10點05分睡覺。　　　4　昨天沒睡覺。

題4　**答案：**2

中譯：雖然褲子有點大，但襯衫就剛剛好。

　　　　1　要大一點的褲子和現在的襯衫。

　　　　2　要小一點的褲子和現在的襯衫。

　　　　3　要現在的褲子和便宜一點的襯衫。

　　　　4　要現在的褲子和短一點的襯衫。

29

題1 **答案**：2

中譯：您家裏養了幾隻貓？

解說：當量詞「ひき（匹）」接「なん（何）」時，「ひき」會改成「びき」，參考本書 **15** ▶ h 行變音。

題2 **答案**：4

中譯：每天怎樣來學校？

解說：1　どうやって的意思是「怎樣」。

2　どうして的意思是「為甚麼」。

3　だれ的意思是「誰人」。

4　なに的意思是「甚麼」。（なにで＝どうやって＝用甚麼方法 / 怎樣）

題3 **答案**：1

中譯：那個，不好意思，請問您是誰？

1　那個，不好意思，請問您是誰？

2　那個，不好意思，請問是哪裏？

3　那個，不好意思，請問您幾歲？

4　那個，不好意思，請問多少錢？

題4 **答案**：4

中譯：為甚麼不來？

1　問價錢。　　　　　　　2　問地址。

3　問時間。　　　　　　　4　問理由。

30

題1 **答案**：2

中譯：Q：不好意思，請問 ABC 酒店在哪裏？

A：在車站後面。

解說：1　どなた的意思是「誰人」。

2　どちら的意思是「哪裏」。「どちら」比「どこ」是較有禮貌的講法。

3　どれくらい的意思是「多少」。

4　どうして的意思是「為甚麼」。

題2 **答案**：4

中譯：我的國家有很多河流。

解說：句子想帶出主題是「我的國家」，故要用助詞「は」。而「かわ」是主語，「おおい」是形容詞，形容「かわ」很多。這是典型的「主題は主語が形容詞」象鼻文，有「當說起我的國家【這個主題】時，那裏有很多【形容詞】河流【這個主語】」的語感，故主語與形容詞之間要用「が」連接。

題3 **答案**：3

中譯：我的眼睛很大，但鼻子很小。

解說：「目」和「鼻」都是是名詞，「大きい」和「小さい」是形容詞，都是形容「目」和「鼻」。這裏「目」和「鼻」雖是主語，但因為是比較對象，故用「は」連接後面的形容詞。

題4 **答案**：1

中譯：她很擅長平假名，但不擅長片假名。

解說：1　擅長 / 不擅長　　　　　2　安靜 / 熱鬧

3　美味 / 難吃　　　　　4　昂貴 / 便宜

31

題1　**答案**：2

中譯：Q：誰是負責人？

A：陳先生【是負責人】。

解說：1　どの 的意思是「哪個」，但後面要接名詞。

2　だれ 的意思是「誰人」。

3　どんな 的意思是「怎樣的」。

4　どれ 的意思是「哪個」，但一般要從三個或以上的事物中選出一個的情況下使用。

題2　**答案**：1

中譯：由於我喜歡寵物，所以想養一隻狗。

解說：形容詞「好き」前面助詞要用「が」，「V たい」句型前可用「を」或「が」。

題3　**答案**：4

中譯：香港食物很美味。

解說：句子的主題是「香港」，故要用「は」，而「食べ物」是主語，「美味しい」是形容詞，「美味しい」形容「食べ物」，故要用「が」。

題4　**答案**：2

中譯：金先生懂得一點意大利語。

解說：1　あります 的意思是「有」、「在」。

2　わかります 是「明白」

3　沒有「好きます」這個動詞。

4　知っています 的意思是「知道」，前面的助詞是「を」。

32

題1　**答案**：2

中譯：當外面安靜下來的話，我就能好好念書。

解說：在 if 或 even though 或 after 等的「從屬句」裏，名詞一般與「が」連接。

題 2	**答案**：2
	中譯：在整個日本裏面，北海道是最冷的地方。
題 3	**答案**：4
	中譯：演唱會完了之後，一起在餐廳吃飯吧。
	解說：在 if 或 even though 或 after 等的「從屬句」裏，名詞一般與「が」連接。
題 4	**答案**：1
	中譯：A：是誰每天打掃房間？
	B：【不是別人】是我每天打掃房間。
	解說：【不是別人，是我】具有排他性，故回答要用「が」。

33

題 1	**答案**：3
	中譯：沿着這條路一直走，有一家超市。
	解說：前面意思是「『橫過』這條路」，故要用助詞「を」；後句「あります」的意思是「有」、「在」，「スーパー」是名詞，意思是超級市場，此句是想表達有超級市場，故要用「が」。
題 2	**答案**：2
	中譯：我每天早上 9 時會從家出發。
	解說：1　かえります的漢字為「帰ります」，意思是「回來」。
	2　でます的漢字為「出ます」，意思是「離開、出去」。離開原來點（家），故用「を」。
	3　います的意思是「有」、「在」，用於生物上。
	4　できます的意思是「做得到」。
題 3	**答案**：4
	中譯：美國人使用刀和叉吃肉。
	解說：句子中「ナイフ」和「フォーク」都是工具，故要用助詞「で」表示方法；「肉」是賓語（目的語），「食べます」是及物動詞，要用助詞「を」來連接。

答案：2

中譯：我去加拿大學習音樂。

解說：「カナダ」是地方名，句尾有「行きました」，故可知道カナダ後面要用「ヘ」表示移動方向。從句子中的單詞得知，句子想表達「去加拿大學習音樂」，「學習音樂」是目的，所以「習い」後面要用助詞「に」，而「音楽」是賓語（目的語），「習い」是及物動詞，故「音楽」後面要用助詞「を」。

34

題 1 **答案**：4

中譯：今年的生日想去派對。

解說：「けさ」、「一昨日」、「明日」後面不需用助詞連接。

題 2 **答案**：3

中譯：我跟老師學日語＝老師教我日語。

解說：主題是「私」，故要用「は」。我是從「先生」那裏學習日語，故「先生」是動作發動者（對象），要用「に」。

題 3 **答案**：2

中譯：去公園遊玩。

解說：去公園的目的是遊玩，故要用「に」。

題 4 **答案**：4

中譯：去年去了澳洲學音樂。

解說：從句子單詞得知，句子想表達「去年去了澳洲學音樂」，去澳州的目的是學音樂，所以此句要用助詞「に」。しに和に的用法，可參考本書 **57** 進行 N 的 N をV。

35

題 1 **答案**：4

中譯：店裏沒有口罩。

解說：因マスクがありません是「沒有口罩」的意思，而「店」屬於 P（place），存在空間後面要「に」。

答案： 1

中譯： 把手提電話放入袋子裏。

解說：「Oを入れます」是放入O；「Pに入ります」是進入P【這個地方】。

題 3 **答案：** 2

中譯： 每星期做三次運動。

解說： 一週間に三回＝每週三回。

題 4 **答案：** 3

中譯： 明年開始我會成為興趣活動小組的前輩。

解說：「なります」前面是い形容詞的話則最後的「い」會變「く」，是な形容詞或名詞的話，則添加助詞「に」，均表示前者的狀態屬於自然變化。

36

題 1 **答案：** 2

中譯： 寫完報告才回家。

解說： 表達向家的方向走，故應該使用「へ」來表達。

題 2 **答案：** 4

中譯： 這個星期天，朋友會來我家。

解說： 表達朋友來我家，日語中目的地後除了「へ」還可以用「に」來表達，故應選 4。

題 3 **答案：** 3

中譯： 去韓國的旅客很多。

解說： 表達「去韓國的旅客」，旅客為名詞，故應選 3。

題 4 **答案：** 1

中譯： 這是給媽媽的信。

解說： 表達「給媽媽的信」，信為名詞，故應選 1。日語中沒有「にの」，故不應選 3。

37

題 1 **答案：** 2

中譯： 用原子筆書寫。

解說： 用原子筆【工具】來做某動作，1 為「買」，2 為「書寫」，3 為「聆聽」，4 為「吃」，故選 2。

答案：3

中譯：Q：今晚在哪裏吃晚飯？

　　　　A：在 ABC 餐廳吃晚飯。

解說：在哪裏【動作進行地方】吃晚飯，1 為「使用哪種工具／手段」，2 為「誰人」，3 為「哪裏」，4 為「住」，故選 3。

題 3　**答案**：4

中譯：宮先生坐巴士上學。

解說：宮先生用某工具／手段去學校，應該用【工具／手段】的「で」表達，故選 4。

題 4　**答案**：1

中譯：Q：世界上最想要的是甚麼呢？

　　　　A：我最想要的是家人的身體健康。

解說：這個世界【上所有東西裏面：範疇】，應該用【範疇】的「で」表達，故選 1。

38

題 1　**答案**：3

中譯：這道料理是用甚麼做的？

解說：用甚麼【材料】來製成，應該用【材料】的「で」表達，故選 3。

題 2　**答案**：2

中譯：在老師的指導下，我的日語水平逐漸提高。

解說：日語變好的原因，1 為老師的「親切」，3 為老師的「溫習」，2 和 4 都是老師的「教導」，但 4 的接合方式錯誤，故選 2。

題 3　**答案**：2

中譯：去年的聖誕節我一個人在家吃飯。

解說：一個人在家吃飯，用表示參與人數的「で」，故選 2。

題 4　**答案**：4

中譯：用水果和蔬菜做沙拉。

解說：用水果和蔬菜【材料】做沙拉，應該用【材料】的「で」表達，故選 4。

39

題 1　**答案：**3

　　　中譯：因為太吵了，所以請你關掉音樂。

　　　解說：因為的「から」。

題 2　**答案：**4

　　　中譯：你是從哪裏來的？

　　　解說：自從的「から」。

題 3　**答案：**3

　　　中譯：佐藤先生是一個親切的人，所以我很想和他交朋友。

　　　解說：1 和 2 為い形容詞，可剔除。4 為「熱鬧」的人，文字意思不合理，
　　　　　　可剔除。

題 4　**答案：**1

　　　中譯：葡萄酒是由葡萄製成的。

　　　解說：如同米→日本酒一樣、葡萄→葡萄酒的過程完成後，比起暗示酒
　　　　　　裏留有葡萄殘渣的「で」，「から」表示整瓶葡萄酒屬於液態，更
　　　　　　加貼切。

40

題 1　**答案：**3

　　　中譯：都市比鄉村方便。

題 2　**答案：**1

　　　中譯：他在倫敦，所以我把信寄到英國去。

　　　解說：表達把信寄到英國【移動空間】，參考本書 **35** **に用法②**。

題 3　**答案：**2

　　　中譯：請在下方四個選項中選擇答案。

　　　解說：表達從四個選項中選擇，應用自從的「より」，故選 2。

題 4　**答案：**3

　　　中譯：自從十二時開始課堂，所以十二時前沒有課堂。

41

題 1 **答案**：4

中譯：房間很寬闊，價格也很便宜。

題 2 **答案**：2

中譯：我沒有錢，所以甚麼也不能買。

題 3 **答案**：3

中譯：我不知道她的車是哪台。

解説：「どれも分かりません」表示「每一個【問題】都不知道」，而「どれか分かりません」則表示「不知道是哪一個」。

題 4 **答案**：4

中譯：他 Line 裏面竟然有一千個朋友。

42

題 1 **答案**：3

中譯：鳥和兔等動物居住在森林裏。

題 2 **答案**：2

中譯：只買了咖啡和牛奶。

解説：「しか〜ない」表示只有，除咖啡和牛奶【其他就沒有了】，故應用全部列舉的「と」。

題 3 **答案**：4

中譯：我在考試中取得滿分，所以媽媽說了一句「了不起」。

題 4 **答案**：1

中譯：如果不學習的話，成績會變差的哦。

第四部分：文法比較

43

題 1 　**答案：**4

　　　　　中譯：如果頭痛的話，請喝這個藥。

題 2 　**答案：**3

　　　　　中譯：因為還沒寫報告，所以不得不快點回家。

題 3 　**答案：**2341　　★ =4

　　　　　中譯：氣球正在漸漸地變小。

題 4 　**中譯：**很高興認識你，我叫 Kim。因為對日本的電影有興趣，所以來了
　　　　　　　　　日本學習日文。我結了婚，跟妻子和三個孩子住在東京的池袋。
　　　　　　　　　空閒的時候有時會騎馬，有時跟孩子踢足球。今後請多多指教。

題 4-1 **答案：**1

題 4-2 **答案：**2

　　　　　解說：用「V ている」表示我處於已婚的「狀態」。

44

題 1 　**答案：**1

　　　　　中譯：不要一邊看電話，一邊食飯。這對眼睛不好。

題 2 　**答案：**4

　　　　　中譯：這件襯衣不太貴呢。

　　　　　解說：用「あまり」表示「不太～」，後接否定句。

題 3 　**答案：**3241　　★ =4

　　　　　中譯：還了老師借給我的傘之後，離開了學校。

題 4 　**中譯：**我最喜歡朱古力。沒有不吃的日子。另外，酒也經常喝。特別跟
　　　　　　　　　肉料理一起吃的時候，覺得是最幸福的。雖然朋友說酒對身體不
　　　　　　　　　好，但是我不這麼認為。大家也喜歡酒嗎？

題 4-1 **答案：**4

題 4-2 **答案：**1

題 4-3 **答案：**4

　　　　　解說：1 為「能夠說」，2 為「曾經說過」，3 為「沒有說」。

45

題 1 　**答案：**2

　中譯：今天有時間嗎？

題 2 　**答案：**3421　　★ =2

　中譯：田中先生每天早上 9 時到晚上 6 時上班。

題 3 　**答案：**2314　　★ =1

　中譯：現在在洗手間裏化妝的女士是大山小姐。真是位美人呢！

題 4 　**中譯：**我認為世界上最重要的東西是錢。如果沒有錢就甚麼都買不到。現在最想買的東西是車。因為每日可以早點到達學校或做兼職的地方。而且好帥！（比起其他東西）畢竟還是想要車啊。

題 4-1 　**答案：**3

題 4-2 　**答案：**1

　解說：「V たい N」表示「我想 V 的 N」，而「欲しい N」表示「想要的 N」，但 2 為文法錯誤，故應選 1。

題 4-3 　**答案：**1

46

題 1 　**答案：**3

　中譯：恭喜你畢業！

題 2 　**答案：**2413　　★ =1

　中譯：感謝您詳細的說明。真的長知識了！

題 3 　**答案：**4213　　★ =1

　中譯：你知道一個名叫「金字塔」的偉大建築物嗎？

題 4 　**中譯：**上星期我和朋友石川先生和他的家人一起爬富士山。大約用了 3 小時左右休閒地看著山的景色。之後在山下的餐廳吃了午飯。在那裏第一次挑戰了一個叫做「足沐」的東西，挺舒服的。

題 4-1 　**答案：**3

題 4-2 　**答案：**3

題 4-3 　**答案：**4

　解說：「在山下（的餐廳）」應用表達【存在】的「に」，「在餐廳吃了午飯」應用表達【動作進行地方】的「で」。

47

題1　**答案：**2

　　　中譯：第一次來到琵琶湖，真是很漂亮的湖啊！

題2　**答案：**3124　　★ =2

　　　中譯：因為那個人一直在說廣東話，(如果沒猜錯的話) 可能是香港人吧？

題3　**答案：**2134　　★ =3

　　　中譯：【你可能搞錯 / 不知**】**明天不是派對而是考試啊。現在開始不得不溫習……

題4　**中譯：**田中：昨天的店很好吃呢。

　　　　　　伊藤：是嗎？我覺得一點都不好吃耶。而且也不便宜吧！

　　　　　　田中：是啊，兩個人要 50,000 日元……

題 4-1　**答案：**3

題 4-2　**答案：**2

題 4-3　**答案：**1

題1　**答案：**3

　　　中譯：田中老師，下次一起賞花好嗎？

題2　**答案：**2314　　★ =1

　　　中譯：這次的假期，來我家看電影嗎？

題3　**答案：**4321　　★ =2

　　　中譯：上田先生今日不怎麼有時間吧？我替你去寄信吧！

題4　**中譯：**田中：英語很困難呢。

　　　　　　Chris：田中前輩，如果你願意的話，讓我教你好嗎？

　　　　　　田中：真的嗎？謝謝。Chris 你是美國人，英語一定說得很流利。

　　　　　　　　　話說，課堂結束之後，一起去飲酒好嗎？

題 4-1　**答案：**1

題 4-2　**答案：**3

49

題 1	**答案**：4

中譯：泡浴之前，先沖洗身體吧！

題 2	**答案**：1342　★ =4

中譯：洗過蔬菜的水仍然可以使用的喔！

題 3	**答案**：2431　★ =3

中譯：因為向朋友借了錢，所以可以付學費了。

題 4	**中譯**：我的媽媽是個溫柔的人，但是有時候很嚴厲。她經常這樣說：「吃飯之前一定要洗手」。此外，也每天說：「睡覺之前請刷牙。」因為下星期是媽媽的生日，所以我想送禮物給她。但是，在買禮物之前，我想先跟哥哥商量一下。媽媽會喜歡甚麼呢？話說，從昨天開始媽媽感冒了。她說因吃了藥而有點睏，我卻有點擔心呢！

題 4-1	**答案**：3
題 4-2	**答案**：1
題 4-3	**答案**：2
題 4-4	**答案**：1

50

題 1	**答案**：4

中譯：田中：今後請多指教！

伊藤：我才要請你多多指教呢！

題 2	**答案**：1432　★ =3

中譯：今天早上看了新聞，再聽了收音機，然後去公司。

題 3	**答案**：3241　★ =4

中譯：上週的星期四，我見過他，但是自此就再也聯絡不上了。

題 4	**中譯**：今天是與大學同學一起去旅行的日子。從現在開始我們坐巴士去金閣寺。我在高中二年級時去過一次京都，但是從那以後，五年間都沒有去過，所以覺得很興奮。下車之後，首先想去金閣寺。然後，再想去附近古舊的神社。

題 4-1	**答案**：1
題 4-2	**答案**：3

題 4-3 **答案**：2

51

題 1 **答案**：3
中譯：因為不喜歡生的食品，所以不太買或吃。

題 2 **答案**：2341 ★ =4
中譯：因為喝了咖啡，所以昨晚怎麼也睡不著。

題 3 **答案**：2143 ★ =4
中譯：在英國住了三年，可英語一點也沒有進步。

題 4 **中譯**：我以前一點也不明白日本的歌舞伎，但是自從上個月開始因為有加藤先生對我的教導，現在我稍微明白了，挺有趣的。我在日本的時間不太長，只有三個月，但是今後有空的時候，我會再去看歌舞伎。

題 4-1 **答案**：1
題 4-2 **答案**：4
題 4-3 **答案**：3

52

題 1 **答案**：3
中譯：這間餐廳價格便宜，而且很美味。

題 2 **答案**：2
中譯：上課中途，我肚子痛到忍受不了，因此趕急地去了廁所。

題 3 **答案**：1432 ★ =3
中譯：外面在下雨，還有風很大。

題 4 **中譯**：我是高中二年級生。當我還是中學生時，最討厭學習了。因此完全不去上學。每天早上在家玩電腦遊戲，然後由中午至晚上都在睡覺。因為老師有時會為了教導課程而來我家，所以我逐漸變得喜歡學習。多虧老師對我的關懷照顧，我能再次踏入中學讀書，真的十分感謝。

題 4-1 **答案**：3
題 4-2 **答案**：2
題 4-3 **答案**：1

題 1	**答案：**3

中譯：老師：昨日有到哪裏去嗎？

學生：有啊，昨天去了箱根。

解說：「どこか」為 Yes/No 答案的疑問詞，答案應包含 Yes/No，故 1 和 2 都可以剔除。4 為文意不通，故應選 3。

題 2	**答案：**2413　★ =1

中譯：這裏有人會德文嗎？

題 3	**中譯：**昨天我看電視時學會了一句新的日語。有一個男人在漆黑的房間中一直叫著「有人救我嗎？」一開始我並不知道這是甚麼意思，直至寄宿家庭的媽媽教我後才明白。將來哪天我也想成為日文老師，能將日語教授給他人。

題 3-1	**答案：**2
題 3-2	**答案：**4
題 3-3	**答案：**2

解說：由於「疑問詞＋か」＝不確定，所以「誰_{だれ}か＝不知哪一個人＝他人」。

題 1	**答案：**1

中譯：父母和女朋友都出席了我的畢業禮，真是高興。

題 2	**答案：**1324　★ =2

中譯：其實我也不知這本書對我有沒有幫助。

題 3	**中譯：**上週六公司舉辦了年尾派對。我和同組成員田中先生一同出席了。友組的山田先生和野口先生也出席了，真是十分熱鬧。雖然吃了不少，但也喝了很多酒的關係，就連菜餚是好吃還是難吃都已經記不起了。

題 3-1	**答案：**3
題 3-2	**答案：**2
題 3-3	**答案：**2

55

題 1 **答案：** 3

中譯： 雖然經歷了三次失敗，但是還不能放棄喲。

題 2 **答案：** 2341　★ =4

中譯： 距離出發還有一點時間，要不要在這邊散個步？

題 3 **答案：** 1342　★ =4

中譯： 前天吃飯的餐廳又便宜又好吃，很想下次再去。

題 4 **中譯：** 暑假期間我去了探望居住在香川的婆婆。她雖然已經八十歲，但身體仍然很健康，每天都有在做運動。婆婆說：「雖然有時很疲累，但不會停止耕作。」真的很佩服她。說起來，婆婆養的狗小白，好像比以前又長大了。不知牠今年幾歲呢？

題 4-1 **答案：** 3

題 4-2 **答案：** 3

題 4-3 **答案：** 3

56

題 1 **答案：** 3

中譯： 昨天從幾點到幾點工作了？

題 2 **答案：** 4

中譯： 灰姑娘必須在晚上 12 時前回家。

題 3 **答案：** 2413　★ =1

中譯： 我建議你在旅行前先兌換外幣。

解說：「りょうがえ」（両替）是中文「兌換外幣」的意思，V 後接「こと」是將動詞變成名詞（名詞化）才可接後面的「がおススメです」，所以★的位置會是 1，可參考《日本語能力試驗精讀本：3 天學完 N4．88 個合格關鍵技巧》 **63** 判斷「名詞化」的こと和の的 5 項原則。

題 4 **中譯：** 在我有生之年有很多事件也想嘗試。因為生命這東西，一生人只有一次，所以是十分重要的。例如，我現在任職教師，希望在直至 60 歲退休為止，一直春風化雨、教導學生。另外，因為我喜歡

旅行，所以死（去那個世界）之前，一定一定要去一次芬蘭旅行！因為我很想親眼看到極光呢。

題 4-1 **答案**：4

題 4-2 **答案**：4

解說：問題 2 答案「まで」是直至的意思，後多接「ずっと」，表示「【現在已在教，更】希望直至 60 歲退休爲止，一直春風化雨、教導學生」的意思，而不是「までに」（deadline）那種「【現在沒有在教，但】直至 60 歲退休之前，非要教導學生不可」的語感。

題 4-3 **答案**：3

解說：問題 3 答案「までに」就是以死作爲限期，在死這個限期前要到芬蘭旅行。相比起「死ぬ前に」，「死ぬまでに＋Ｖたい or Ｖなければならない」更見説話者強烈決心或意志。

57 ▶

題 1 **答案**：2

中譯：佐藤正在準備明天的午飯。

解說：句子中「準備をしています」已經有「を」，所以前面會是「朝ご飯の」，即「Ｎ（朝ご飯）のＮ（準備）」。如果句子最後是「準備しています」，沒有「を」的話，前面會是「朝ご飯」，即「Ｎ（朝ご飯）をＶ（準備しています）」。

題 2 **答案**：1243　★ =4

中譯：想談談有關搬屋的事宜，請問現在有時間嗎？

題 3 **中譯**：明年高中畢業後，我想到英國的大學留學去。在大學學習英國文學是我從小一直以來的夢想。那邊學費很貴，所以現在拼命儲錢。其實不只是留學，我還計劃有一天能移民當地。父母也很支持我這個夢想，真的很感激。

題 3-1 **答案**：1

題 3-2 **答案**：4

題 3-3 **答案**：1

解說：問題 3 中，從前文中可以推斷中作者有意不只留學（留学だけではなく）更是希望移民英國，因此答案 2 和 4 的否定句並不正確。

只有答案 1 的「しています」表示作者一直有計劃移民，最符合文章意思。

58

題1　**答案**：1

　　　中譯：請問你知道長谷川先生／小姐的生日會會在甚麼時候舉行嗎？

　　　解說：「Ｖ＋か＋知っていますか」的句型中，Ｖ 的所需動詞形態為普通形，所以 3 和 4 可以剔除，而 2 是否定並不符合句子意思，從而得知答案為 1（する）。

題2　**答案**：1234　★＝3

　　　中譯：知道他畢業後想做甚麼嗎？

題3　**中譯**：第一次來到日本，感受到地震，十分恐怖。不知道地震甚麼時候，在甚麼地方發生，這才是最恐怖的事情。而且，我也不知道為何日本經常地震，雖然老師說過：「在泥土裏住的魚（注：古代日本人認為地下住著巨大的鯰魚（なまず），身體搖動會引起地震）一跳舞，地震就會發生。」但是大家又覺得這是不是真的呢？

題3-1　**答案**：4

　　　解說：問題 1 答案是 4「あって」，漢字可以寫成遭って（遭う），表示遭遇到不幸事情的意思。

題3-2　**答案**：1

題3-3　**答案**：4

　　　解說：問題 3 各個答案的意思分別是 1 如何，2 何時，3 幾次，4 為何。而從文章後段，老師解釋為甚麼日本經常發生地震中得知作者的問題是為何，所以答案是 4 どうして（為何）。

題3-4　**答案**：3

59

題1　**答案**：1

　　　中譯：昨天太累了，竟然睡了 15 個小時。

題2　**答案**：2

　　　中譯：雖然肚餓，但因為不夠金錢，所以只吃了一碗飯。

題 3	**答案：** 2134　★ =3
	中譯： 雖然他十分喜歡日本料理，但唯獨不能吃納豆。

解説：「なっとうだけがたべられません」表示「只有納豆不能吃」，如果句子變成「なっとうしかたべられません」的話意思就會變成「只有納豆能吃」。所以根據不同情況，「だけ」後面能接肯定 or 否定，但「しか」卻不能接肯定，也就是：

I 納豆だけ食べられます＝納豆しか食べられません。　✔（只有納豆能吃）

II 納豆だけ食べられません。　✔（只有納豆不能吃）

III 納豆しか食べられます。　✗（文法錯誤）

題 4	**中譯：** 下星期有測驗，雖然只剩下一星期，但因為複習不夠，所以十分擔心。雖然想向現在打工的地方請假從而溫習，但店長說每星期起碼要工作一次。我好想辭職，但辭職的話就支付不了房租。你知道房租多少錢嗎？竟然要五萬日元。我覺得十分辛苦。
題 4-1	**答案：** 4
題 4-2	**答案：** 1
題 4-3	**答案：** 4

解説： 4-2 的「は」表示「最起碼」（可參考 **30** は用法① -4），4-3 的「も」表示「竟然」（可參考 **41** も用法① -3）。

60

題 1	**答案：** 4
	中譯： 我曾經住在名古屋。
題 2	**答案：** 1432　★ =3
	中譯： 工作十分忙碌的話，晚上也會有不睡覺的時候。
題 3	**中譯：** 我在日本留學兩年，曾經病過幾次。有時候吃了藥然後好起來，但有時候不吃藥也會慢慢變得精神起來。話說回頭，日本的藥物十分好，只吃一次就能恢復健康。因此，家人以前曾經吩咐過我幾次：「下次回國的時候，買一些日本的藥回來吧。」
題 3-1	**答案：** 4

解説： 問題 1 是作者在日本留學時有幾次生病的經驗，所以所需動詞類

型是 V た（なった）。

題 3-2 **答案：**2

　　　解説：只要理解文章意思（有時候不吃藥也會慢慢變得精神起來）就能
選出唯一一個表示否定的答案 2 飲まないで。

題 3-3 **答案：**1

題 3-4 **答案：**3

　　　解説：根據前文後理可知 4「不曾吩咐過作者」和 2「有不吩咐的時候」
都不對。1是「有吩咐的時候」，而 3是「曾經吩咐過」，關鍵在「幾
次」一詞，相比「幾次有吩咐的時候」，「曾經吩咐過幾次」更見
自然，從而推斷出答案是 3。總而言之，如果句中有「何回か＝幾
次」或「○○回＝○○次」這樣的量詞，則「V たことがある」比「V
ることがある」更佳。

61

題 1 **答案：**2

　　中譯：因為外面很熱，所以帶帽子外出比較好。

題 2 **答案：**1

　　中譯：因為你現在胃痛，所以午飯吃粥會比較好啊。

　　解説：1 粥，2 酒，3 零食，4 錢

題 3 **答案：**2413　　★ =1

　　中譯：容易感染流感的時候，哪裏也不要去比較好。

題 4 **中譯：**我認為間中由自己打開話題是十分重要的。例如想認識朋友的時
候，由自己開始打開話題會比較好。還有，將來在公司工作的時
候，如果有問題，一定要馬上向上司報告。但是，儘管知道真相，
也有不說出來會比較好的時候哦。

題 4-1 **答案：**1

　　　解説：其實也有「V るほうがいい」這種講法，如題 1 可以是「帽子を持
って行くほうがいい」，這裏也可以是「話すほうが良い」，但為
甚麼不對呢？因為「V たほうがいい」適用於句子有較強的勸諭
或忠告語氣，但如果是傾向中立的話則可用「V るほうがいい」，
且一般採用像「V るほうがいいとされている」這樣的文型（…被

認為是比較好的），一般多見於新聞報導或報章。題 1 和題 4-1 都明顯有較強烈的忠告語氣，故「Ｖたほうがいい」比較適合。

| 題 4-2 | **答案**：3 |
| 題 4-3 | **答案**：3 |

62

| 題 1 | **答案**：2 |

中譯：能否教我這個日文的讀法。

| 題 2 | **答案**：2 |

中譯：因為昨天喝太多酒了，今天的英文課堂完全不明白。所以現在一邊查字典一邊學習。

| 題 3 | **答案**：2143　★ ＝4 |

中譯：那個歌手的唱法十分棒，所以很有人氣。

| 題 4 | **中譯**：我認為爸爸的想法十分棒。爸爸一直教導我「即使失敗也好，但絕對不可以悲傷」這個道理。「因為人生很長，所以幾多次也好，都可以重新再來」，這是爸爸十分喜歡的話。雖然爸爸在一年前去世了，但他會永遠在我的心裏。 |

| 題 4-1 | **答案**：3 |
| 題 4-2 | **答案**：1 |

解說：問題2選擇1的「やり<ruby>直<rt>なお</rt></ruby>し」亦有重做／改正的意思。「Ｖ stem <ruby>直<rt>なお</rt></ruby>し」有「重新Ｖ」的意思，除本文的「やり<ruby>直<rt>なお</rt></ruby>し」外，還有「<ruby>見直<rt>みなお</rt></ruby>し」（重看／刮目相看）、「<ruby>考え直<rt>かんがなお</rt></ruby>し」（重新考慮）等，初學者亦可趁這個機會一併記下。

| 題 4-3 | **答案**：2 |

63

| 題 1 | **答案**：1 |

中譯：這個漢字十分難，所以即使是中國人也不懂。

| 題 2 | **答案**：4 |

中譯：如果明天有空，請來玩。

題 3	**答案:** 2431　★ =3
	中譯: 即使可以得到大量金錢,我不想做那種壞事。
題 4	**中譯:** 日本的店員的說話技巧十分好。經常在我購物前,店員都會用好聽的詞語讚賞我,不過,即使店員跟我說:「十分合襯」也好, 我是絕對不會買昂貴的物品的,因為我沒有錢。如果有錢的話,首先,會想買屬於自己的房子,大家最想要甚麼呢?
題 4-1	**答案:** 3
題 4-2	**答案:** 1
題 4-3	**答案:** 3

64

題 1	**答案:** 4
	中譯: 因為明天休假,所以去見朋友。
	解說: 雖然中文會說見朋友,但日文中會慣用「友達<ruby>友達<rt>ともだち</rt></ruby>に会<ruby>会<rt>あ</rt></ruby>う」而非「友達<ruby>友達<rt>ともだち</rt></ruby>を見<ruby>見<rt>み</rt></ruby>る」。
題 2	**答案:** 2
	中譯: 因為把東西遺漏在大學了,所以去取。
題 3	**答案:** 3142　★ =4
	中譯: 我製作了飯糰,要是不介意,吃了再走吧!
題 4	**中譯:** 去年的三月我來了日本留學。雖然一開始有些擔心,但現在都習慣了。我的習慣是,每天早上在家裏洗澡,然後去學校。因為這樣做的話會很舒服的。我經常在十分鐘前到課室,然後與同學聊天。課堂完結後,通常會與同學一起在飯堂吃午飯。每天的生活都很開心。
題 4-1	**答案:** 1
題 4-2	**答案:** 1
	解說: 問題 2 的「浴<ruby>浴<rt>あ</rt></ruby>びる」為 IIa 類動詞,因此 3 的「浴<ruby>浴<rt>あ</rt></ruby>びって」是錯誤轉法,1 的「浴<ruby>浴<rt>あ</rt></ruby>びて」才是正確。
題 4-3	**答案:** 2
	解說: 眾所周知「P へ行<ruby>行<rt>い</rt></ruby>きます」是一個 N5 文法,因這裏是「食堂<ruby>食堂<rt>しょくどう</rt></ruby>で昼<ruby>昼<rt>ひる</rt></ruby>

ご飯を食べます」，所以如果想把 3 變成正確答案的話，則必須是
「食堂へ昼ご飯を食べに行きます」。

65

題 1 **答案**：3

　　　中譯：即使回到故鄉，也請不要忘記我。

題 2 **答案**：1324　★ =2

　　　中譯：不可以看電視看到深夜。

題 3 **中譯**：在日本，每年的 12 月 31 日的晚上會有一個有趣的電視節目叫「不
　　　　　　准笑」，大家知道嗎？有很多藝人會給五個日本男性藝人看一些有
　　　　　　趣的東西，如果五個日本男性藝人笑了，一些穿黑色衣服的人們
　　　　　　就會用力打他們的屁股哦。想看這個節目的人，12 月 31 日的晚
　　　　　　上哪裏也不要去哦。

題 3-1 **答案**：2

題 3-2 **答案**：1

　　　解說：問題 2 答案分別為 1 電視節目，2 不良少年頭目，3 比賽，4 公會。

題 3-3 **答案**：3

66

題 1 **答案**：3

　　　中譯：A：我可以拿那個商品目錄嗎？

　　　　　　　B：可以哦。

題 2 **答案**：1

　　　中譯：A：不好意思，可以教我敬語嗎？

　　　　　　　B：當然可以。

　　　解說：答案分別為 1 當然可以，2 真的嗎，3 恕我冒昧，4 不對

題 3 **答案**：2143　★ =4

　　　中譯：因為現在要外出，所以請鎖門。

題 4 **中譯**：A：不好意思，可以幫我檢查一下英語的報告嗎？

　　　　　　　B：對不起，我也不擅長英語。

C：我可以幫忙檢查嗎？

A：真的嗎？謝謝你。

題 4-1 **答案**：3

題 4-2 **答案**：1

67

題 1 **答案**：1

中譯：因為冬天的早上寒冷，所以不想從床上起來。

題 2 **答案**：1

中譯：因為那位老師的課堂十分受歡迎，所以大家都去跟他學習。

題 3 **答案**：3214　★＝1

中譯：不好意思，因為我還欠一百日元，可以請你借給我嗎？

題 4 **中譯**：因為我住在大學的宿舍，所以走到學校只需花五分鐘。但是，由於室友是一個有點嘈吵的人，所以一直都在咖啡店看書和寫報告，而不是在宿舍。因為（在咖啡店）可以集中得到。最近晚上也十分嘈吵，所以睡得不太好。求求你吧！可以請你安靜一點嗎？

題 4-1 **答案**：2

題 4-2 **答案**：3

題 4-3 **答案**：4

解說：認真／用心看書的日語是「本を読む」而非「本を見る」，因此可以直接將選擇 1 和 2 排除。「本を見る」只能用於「不經意／隨便翻翻書本，不細讀」的情況。

題 4-4 **答案**：3

解說：問題 4 為作者帶有一點埋怨的要求，希望室友安靜一點。日語的「お願いだから」有「求求你」的意思。因為是「個人要求」，故「主觀色彩濃厚」。

68

題 1 **答案**：1

中譯：A：昨天老師在課堂上教導了甚麼？

B：甚麼也沒有教啊。

A：真的嗎？為甚麼都沒有教？

解說：因為第 1、2 句答案後面的子音分別是 W（を）及 M（も），而第 3 句後面的子音是濁音 D（で），所以是 1。

題 2 　答案：3124　　★ =2
　　　中譯：抽屜裏面有甚麼？

題 3 　中譯：昨天由於發燒的緣故，所以沒有去大學。今天去大學的時候，校長親切的慰問我「你有多喝水或是其他東西嗎？」但是，其實我昨天一直在睡，甚麼都沒有吃沒有喝。今天我的身體狀況好轉了，所以意大利麵啊、壽司啊、拉麵啊，我甚麼都想吃呢！

題 3-1 　答案：4
題 3-2 　答案：2
題 3-3 　答案：2

69

題 1 　答案：3
　　　中譯：A：NBA2K 是一種甚麼遊戲？
　　　　　　B：是籃球的遊戲哦。

題 2 　答案：1
　　　中譯：A：ASI 1101 是一個甚麼課堂？
　　　　　　B：是日本語的課堂。
　　　　　　A：那是一個怎樣的課堂？
　　　　　　B：是既有趣又容易的課堂哦。

70

題 1 　答案：1
　　　中譯：木村先生與佐滕先生住在同一個公寓。

題 2 　答案：2
　　　中譯：印度尼西亞是一個大的國家，但新加坡卻不太大。

題 3 　答案：3
　　　中譯：世界上有各式各樣的文化，很有趣呢！

71 短文讀解 ①

短文1

中譯：到了冬天，與家人和朋友一起吃「這個」是日本的文化。將冰冷的生肉及蔬菜等等的食材放入暖的湯中，當食材變得足夠熱時便可以進食，沾了調味醬再吃是一種更好吃的方式。當然我亦會建議在吃的時候配上暖茶。

題1 **答案**：3

中譯：現在開始進食「這個」，哪一個是不暖的東西？

1 湯
2 肉
3 醬汁
4 茶

解說：因為只有醬汁是不需要加熱來進食，所以是選項 3。

題2 **答案**：1

中譯：「這個」是一種甚麼菜？

1 火鍋
2 滑蛋雞肉飯
3 烤肉
4 拉麵

解說：因為需要在熱湯煮熟食材，所以是選項 1。

短文2

中譯：在動物園入場時，大人需付 300 日元，兒童是 150 日元，60 歲以上的老人還有當天生日的人士是免費進場。父親上週生日，已經 60 歲了。我母親今年才 58 歲，所以不是免費。今天，我與父母、生日的丈夫和三歲的孩子，5 人一起去。孩子也是和丈夫在同一天出生，真是太好了。

題1 **答案**：3

中譯：今天，在進入動物園時，應付多少錢？

1 300 日元
2 450 日元
3 600 日元
4 750 日元

解說：因為丈夫和孩子今天生日以及父親已 60 歲，需付入場費的只有我及母親兩位大人，所以是選項 3。

<table>
<tr><td>短文 3</td><td>**中譯**：日語的課堂在星期一早上、星期三下午和星期五下午舉行。平日的上午課是會話課，下午開始的課堂是寫作課。星期六早上也有課，在課堂裏我會和同學們一起做聆聽練習。</td></tr>
</table>

題 1
答案：2

中譯：這週，我說了和聽了很多日語。我是哪一天去了學習日語？

1　星期一和星期三　　　　　　2　星期一和星期六
3　星期三和星期五　　　　　　4　星期五和星期六

解說：因為只有星期一早上會舉行日語會話課及星期六舉行日語聆聽課，所以是選項 2。

72　短文讀解 ②

<table>
<tr><td>短文 4</td><td>**中譯**：這個圖書館裏，不但是書本，舊雜誌和 CD 亦可以租借。但是新雜誌和詞典是不能夠租借的。最多可以租借 6 項東西，期限為 3 星期，但如果 3 星期過後仍未能歸還的話，則每天收取 150 日元。要小心點！</td></tr>
</table>

題 1
答案：3

中譯：以下哪項是可供租借並在家裏閱讀？

1　4 本書和 2 本新雜誌　　　2　5 本舊雜誌和 1 本字典
3　3 本書和 3 張 CD　　　　　4　2 本舊雜誌和 3 本新雜誌

解說：因為書和 CD 都可供租借到在家裏閱讀，所以是 3。

題 2
答案：4

中譯：這個月的「7 號」借了書，但甚麼時候必須還書？

1　10 號　　2　14 號　　3　21 號　　4　28 號

解說：因為租借期限為 3 星期即 21 日，而 7 號開始借，所以是選項 4。

題 3
答案：2

中譯：今天我付了 600 日元給圖書館裏的人。我遲了幾天還書？

1　2 日　　2　4 日　　3　6 日　　4　8 日

解說：因為遲還書每天收取 150 日元，600 除以 150 是 4　所以是選項 2。

中譯：在今天的課堂上，老師問我們人生中最重要的事情是甚麼。我們各自給了不同的答案。我回答的是家庭，木村先生是金錢，佐藤先生是戀人，橋本先生是夢想。鈴木先生因為上課時一直睡覺，所以沒有回答。上課結束後我詢問他，起初他說金錢和夢想都很重要，但在最後還是回答了跟我一樣的答案。

題 1
答案：3

中譯：哪一個答案是最多人選擇？

　　　　1　夢想　　2　金錢　　3　家庭　　4　戀人

解說：因為鈴木先生和我都回答了家庭，而回答其他答案的各只有 1 人，所以是選項 3。

中譯：

德川社長

由於今天早上發燒，所以向公司請了假休息。我的工作會由本多先生、榊原先生和井伊先生幫忙負責。本多先生向客人石田先生傳送電子郵件，井伊先生下午起便會參觀客人的公司。榊原先生一直留在公司裏寫關於上週他和我兩人出差時的報告。今天真的很抱歉。明天我會盡力去公司。

　　　　　　　　　　　　　　　　　　　　　　　　　　　加藤上

題 1
答案：3

中譯：今天誰必須出去？

　　　　1　榊原　　2　本多　　3　井伊　　4　加藤

解說：因為井伊先生下午起便會參觀客人的公司，所以是選項 3。

題 2
答案：4

中譯：上個禮拜，誰和誰到了外面去？

　　　　1　榊原和本多　　2　本多和井伊　　3　井伊和加藤　　4　加藤和榊原

解說：因為「榊原先生一直留在公司裏寫關於上週他和我（加藤）兩人出差時的報告」，所以是選項 4。

短文7

今天的體育課中量度了身高。我去年是 175 厘米，但是竟然矮了 3 厘米。我大吃了一驚。鈴木君去年和我一樣，但是不知道他吃了甚麼東西，竟然長高了 10 厘米。去年松本君是班中最高的 180 厘米，不過今年並沒有變化。

題1

答案：3

中譯：為甚麼我大吃了一驚？

1　因為自己長大了　　　　　2　因為自己和去年一樣

3　因為自己變小了　　　　　4　因為自己並沒有變化

解說：因為我今年矮了 3 厘米，所以是選項 3。

題2

答案：2

中譯：如果由今年最高的人開始排到最矮的人，哪個是正確的？

1　我→鈴木君→松本君　　　2　鈴木君→松本君→我

3　松本君→鈴木君→我　　　4　我→松本君→鈴木君

解說：因為鈴木君是 185 厘米，松本君是 180 厘米，我是 172 厘米，所以是選項 2。

短文8

因為今天是母親的生日，我早上和男朋友一起去了買禮物。在百貨店遇到了公司的人，一起去了附近的麥當勞吃午餐。最後買了父親推薦的漂亮的手提包。姐姐為我們做了晚飯。

題1

答案：4

中譯：正確的是哪個？

1　今天和母親吃了午餐

2　今天和父親做了晚飯

3　今天在麥當勞遇見了姐姐

4　今天在百貨店和戀人買了東西

解說：因為早上和男朋友一起去了買禮物，所以是選項 4。

日語測驗規則

・測驗從 9:00 到 11:00 進行。

・不能看書本及筆記。

・不能使用手提電話。

・可以使用字典。

・可以去洗手間，但是去之前請告訴老師。

題 1　**答案**：2

中譯：「不正確」的是哪個？

1　能夠使用字典　　　　　2　11:00 前未能完成測驗也可以

3　手提電話是禁止的　　　4　告訴了老師後再去廁所是可以的

解說：因為測驗進行到 11:00 為止，所以「不正確」的是 2。

74　長文讀解 ①

一郎先生和良子女士是夫婦，於 14 年前結了婚。5 年後一個女孩出生了，她就是小美冴（みさえ）。小美冴 3 年前開始在現在的學校學習。

一郎先生是出租車司機，每天拼命工作直到深夜。良子女士雖然沒有在外面工作，但她每天都會做很多家務。因為必須洗衣服、做飯、買東西等，所以挺辛苦。

今天是兩人結婚第 15 年，是非常特殊的日子。雖然良子女士昨天為一郎先生買了新手錶，但她卻對一郎先生撒謊說：「甚麼也不會給你喲」。一郎先生打算買之前良子女士說「想要」的項鍊，但想到不會收到禮物，最後甚麼也沒買。真令人遺憾呢。

題 1　**答案**：3

中譯：小美冴今年幾多歲？

1　3 歲　　　2　5 歲　　　3　9 歲　　　4　14 歲

解說：因為她在 14 年前的 5 年後出生，所以是選項 3。

　答案：2

中譯：良子女士「沒有做」的事情是甚麼？

　　　　1　洗衣服　　2　駕駛　　3　買東西　　4　烹調

解說：因為文章中只提及良子女士洗衣服、做飯、買東西，而駕駛則是一郎先生的工作，所以是選項 2。

　答案：3

中譯：一郎先生為何沒有送禮物給良子女士？

　　　　1　因為工作直到深夜

　　　　2　因為良子女士沒有想要的東西

　　　　3　因為認為不會從良子女士手上收到任何東西

　　　　4　因為不是特殊的日子

解說：因為一郎先生想到不會收到禮物才甚麼也沒買，所以是選項 3。

75　長文讀解 ②

長文2

大家已經習慣了日本寒冷的冬天嗎？順便問一下，你在寒冷的時候會做甚麼？我認為泡溫泉來溫暖身體是很不錯。除了很舒服之外，如果是泡在加入藥材的溫泉中，還可以治理身體的問題哦。

溫泉有各式各樣的類型，例如有室內溫泉和室外溫泉。室外溫泉也被稱為露天浴池，認為去那裏是很害羞的人也是有的呢。接著，有很熱的溫泉，但也有水浴。溫度只有 15 度的水浴十分冷，所以我不太喜歡。當然溫泉那裏的水是不能喝的。

大家知道日本三大著名的溫泉嗎？他們是有馬溫泉、草津溫泉和下呂溫泉。這裏面，我只有中間的溫泉從未泡過，所以下次想到那兒。

　答案：3

中譯：我為甚麼認為溫泉是很好？

1　因為 15 度很舒服　　　　　　2　因為可以和大家一起泡浴

3　因為可以令疾病情況改善　　4　因為可以令身體變冷

解說：因為泡在加入藥材的溫泉中，可以治理身體的問題，所以是選項 3。

答案：2

中譯：溫泉有各式各樣的類型，「不正確」的是哪個？

1　加入藥材的溫泉　　　　2　可以飲用的溫泉

3　房屋外的溫泉　　　　　4　冷的浴池

解說：因為溫泉那裏的水是不能喝的，所以是選項 2。

答案：2

中譯：我下次想到日本哪裏的溫泉？

1　中間的溫泉　　2　草津溫泉　　3　下呂溫泉　　4　有馬溫泉

解說：因為作者說到有馬溫泉、草津溫泉和下呂溫泉三者，並說想去三個裏面「中間」的溫泉，所以是選項 2。

76 長文讀解 ③

長文3

今天上午沒有大學的課堂所以放假。我和田中先生及柴田先生一起乘巴士去了美術館。和兩人於早上 9 時 30 分在餐廳見面了。然後一起吃了大約 40 分鐘的早餐。乘坐 10 時的第二班巴士去了美術館。到達美術館大約花了 40 分鐘。美術館從上午 9 時營業至 5 時，但我從 3 時開始有兼職工作，所以 2 時左右不得不離開美術館。其實我很想慢慢參觀到 5 時，真令人遺憾呢。

巴士的時間

小時	分鐘
9	00　20　40
10	00　15　30　45
11	00　15　30　45

答案：4

中譯：三人為甚麼不坐 10 時的第一班巴士？

1　因為沒有巴士　　　　　2　因為柴田先生遲到了

3　因為田中先生不想坐巴士　4　因為吃了早餐

解說：因為 9 時 30 分在餐廳相遇後一起吃了大約 40 分鐘的早餐，吃完已經是 10 時 10 分，來不及坐 10:00 的巴士，所以是選項 4。

答案：2

中譯：三人甚麼時候到達了美術館？

1　10 時前　　　　　　　　2　11 時左右

3　過了 10 時　　　　　　4　11 時半

解說：因為第一班巴士從 10 時 15 分開出，到達美術館大約花了 40 分鐘，所以是選項 2。

答案：2

中譯：我在美術館最長可以參觀多久？

1　2 小時　　　　　　　　2　3 小時

3　4 小時　　　　　　　　4　5 小時

解說：因為 11 時左右到達美術館，2 時左右要離開，所以是選項 2。

77　圖片情報搜索 ①

「丟棄垃圾的方法」

	內容	丟棄的日子	丟棄的地方	備註
可燃垃圾	紙張、食物等等	星期一和星期四	A 垃圾場	需要專用的垃圾袋。
不可燃垃圾	塑料	星期二	A 垃圾場	需要專用的垃圾袋。
	電池、玻璃	星期五		
回收利用垃圾	報紙、衣服	每月第 1、3、5 個星期三	B 垃圾場	
	瓶、罐、塑料瓶	每月第 2、4 個星期三		
大型垃圾	沙發、洗衣機、冰箱等大型家具	請致電市政廳決定丟棄日子。	使用專用車輛運送。	市政廳的電話號碼是 012-3456-5789。

答案：1

中譯：如果沒有特別的袋，垃圾將不能丟棄。那是甚麼垃圾？

　　1　食物和電池　2　沙發和瓶　3　紙張和塑料瓶　4　塑料和衣服

解說：因為丟棄沙發、塑料瓶及衣服不需要專用的垃圾袋，所以是選項1。

　答案：4

　　　　中譯：今天是 3 月 2 日的星期三。今天沒有丟棄報紙，下次可以丟棄是
　　　　　　幾時？

　　　　　　1　3 月 7 日　　2　3 月 10 日　　3　3 月 14 日　　4　3 月 16 日

　　　　解說：因為今天是 3 月第一個星期三，下次可以丟棄是第三個星期三，
　　　　　　所以是選項 4。

　答案：3

　　　　中譯：以下的內容哪個是正確的？

　　　　　　1　可燃垃圾及不可燃垃圾的垃圾場不同

　　　　　　2　可燃垃圾及回收利用垃圾的垃圾場相同

　　　　　　3　回收利用垃圾可以每週丟棄一次

　　　　　　4　丟棄大型垃圾之後才聯絡市政廳也可以

　　　　解說：因為兩類型的回收利用垃圾合共計算可以每週丟棄一次，所以是
　　　　　　選項 3。

78　圖片情報搜索 ②

「兼職招募通知」

編號	工作內容	工作地點	工作日子及時間	薪酬	備註
A	洗碗碟、送遞飲料給客人。	紐約酒店	17:00-24:00 一週四次以上	每小時 850 円（晚上 10:00 開始 1,000 円）	
B	客人搬家時用車幫忙運送行李。	「輕鬆」搬家	一週兩次、星期五的早上 9:00- 下午 5:00 及星期日的下午 1:00- 晚上 8 時	每小時 1,050 円 + 每次工作有便當	必須有車牌。
C	教授中學生英語。	「約翰遜」英語中心	一週一天 每次兩小時	每小時 2,500 円	母語是英語的人。
D	擔任收銀員，將產品放在貨架上。	「迷你開始」便利店	10:00-19:00 一週四次以上	每小時 900 円	

題 1	**答案：**1

中譯： 開爾文先生是美國人，每天到中午 12 時有學校的課堂。上完課後，星期一到星期五每天都想工作。哪項工作最好？

1　A　　　　2　B　　　　3　C　　　　4　D

解說： 因為開爾文先生下午才能上班，而且想盡可能上更多的班，所以是選項 1。

題 2	**答案：**2

中譯： 克里斯先生能夠駕駛。他不想每天，而只想每星期工作兩天。哪項工作最好？

1　A　　　　2　B　　　　3　C　　　　4　D

解說： 因為克里斯先生能夠駕駛並且只想每星期工作兩天，所以是選項 2。

題 3	**答案：**3

中譯： 坂本先生上星期在紐約酒店兼職了三天。工作時間是 17:00-24:00。他會收到多少錢？

1　6,250　　　2　17,850　　　3　18,750　　　4　21,000

解說： 因為一天當中有 5 小時薪酬是 850 円，有 2 小時是 1,000 円，一天有 6,250 円，三天共有 18,750 円，所以是選項 3。

79 圖畫情景對答①

題1　答案：1

問題：「暗くて本が読めません。なんといいますか？」（太暗了，不能看書，應該怎樣說呢？）

1 「電気をつけてくださいませんか？」（能否替我開燈？）

2 「電気を開けてくださいませんか？」（能否替我開燈？）

3 「電気を消してくださいませんか？」（能否替我關燈？）

解說：因為要求對方開燈的關係，所以是選項1。選項2是母語為中文的人經常會說錯的日語。

題2　答案：3

問題：「知らない人を見ました。なんといいますか？」（見到不認識的人，應該怎樣說呢？）

1 「おススメですか？」（是你的好介紹嗎？）

2 「いくらですか？」（多少錢？）

3 「どちら様ですか？」（您是誰？）

解說：因為不認識對方，所以是選項3。

題3　答案：3

問題：「ご飯を食べました。なんといいますか？」（吃完飯，應該怎樣說呢？）

1 「美味しそうですね！」（吃之前說：看起來很好吃！）

2 「美味しいですね！」（吃的過程中說：好吃！）

3 「美味しかったですね！」（吃完後說：好吃！）

解說：因為是吃完後說的話，所以是選項3。

題4　答案：2

問題：「汚い部屋を見ました。なんといいますか？」（看到房間很髒，應該怎樣說呢？）

1 「部屋を掃除してはいけないよ！」（不可以打掃房間！）

2 「部屋を掃除しないとダメでしょう！」（不打掃房間不行！）

3 「部屋を掃除することが仕事です。」（打掃房間是【某人的】工作。）

解說：因為命令對方打掃房間，所以是選項2。

題5 **答案：**2

問題：「自分よりおばあさんが先に行ったほうがいいですね。なんといいますか？」(老婆婆先走的話比較好吧,應該怎樣說呢？)

1 「お先に！」(我先走啦！)

2 「お先にどうぞ！」(你先請！)

3 「お先に失礼します！」(對不起,我先走啦！！)

解説：因為是讓對方先做/走,所以是選項2。3是1的禮貌版。

題6 **答案：**2

問題：「友達は宿題が分かりません。なんといいますか？」(朋友不會做他的作業,應該怎樣說呢？)

1 「一緒に教えませんか？」(我們一起教【某人】吧！)

2 「私が教えましょうか？」(不如我教你吧！)

3 「私に教えてください！」(請你教我！)

解説：因為打算教對方,所以是選項2。

題7 **答案：**1

問題：「喫茶店でコーヒーを注文したいです。なんといいますか？」(在咖啡店裏想點咖啡,應該怎樣說呢？)

1 「コーヒーお願いします！」(要一杯咖啡！)

2 「コーヒーいかがですか？」(喝一杯咖啡如何？)

3 「コーヒーをどうぞ！」(請喝咖啡！)

解説：因為向店員要一杯咖啡,所以是選項1。

題8 **答案：**3

問題：授業の時、ボールペンがありません。なんといいますか？」(上課的時候沒有原子筆,應該怎樣說呢？)

1 「ボールペンを買ってもいいですか！」(我可以買原子筆嗎？)

2 「ボールペンを貸してもいいですか！」(我可以借原子筆給你嗎？)

3 「ボールペンを借りてもいいですか？」(我可以借你的原子筆嗎？)

解説：因為希望借對方的原子筆,所以是選項3。2是母語為中文的人經常會說錯的日語。

即時情景對答①

題1 **答案：1**

A：「一緒に食べない？」（一起吃吧？）

    1 「いいね、ありがとう！」（好啊，謝謝！）

    2 「いいね、食べない！」（好啊，不吃！）

    3 「いいね、ごちそうさま！」（好啊，我吃飽啦！）

解說：「一緒に食べない」是「一緒に食べませんか」的普通型邀請文，因爲是接受對方邀請，需要道謝，所以是 1。

題2 **答案：2**

A：「昨日、手伝ってくれてありがとうございました。」（謝謝你昨天幫助我！）

    1 「どうやってしましたか？」（你是怎樣做的？）

    2 「どういたしまして！」（不客氣！）

    3 「どうしてしましたか？」（為甚麼你做了！）

解說：源自「V てくれる」的「手伝ってくれて」有 Verb (help) for me 的意思，作爲「ありがとうございました！」的回答，日語回應是 2。

題3 **答案：1**

A：「キムさん、日本語が上手ですね！」（金先生，你日語說得真好！）

    1 「そんなことはありませんよ！」（沒有那回事！）

    2 「そうですね、上手です！」（對啊，我說得很好！）

    3 「申し訳ありません！」（太抱歉啦！）

解說：向人家說「沒有那回事」或「你過獎了」的正確日語是 1。「そんなこと」可以拆解為「そんな（那樣的，屬於連體詞）」和「こと（事情）」。

題4 **答案：2**

A：「本当にごめんなさい！」（真的很對不起！）

    1 「いいえ、気持ち悪いです！」（沒那回事，很嘔心！）

    2 「いいえ、気にしないでください！」（沒那回事，不要放在心上！）

    3 「いいえ、気をつけてください！」（沒那回事，要小心！）

解說：原諒對方時的正確日語是 2。2 的「気にしない」源自「気にする」，有「在意，介意」等意思，而 3 的「気をつける」則有「當心，注意」的意思，初階時容易混亂，學習者需要「當心，注意」，所以是「気をつけてください！」

題5 **答案：1**

A：「いらっしゃいませ、何名様ですか？」（歡迎光臨，請問幾位？）

　　1 「二人だけど。」（兩個人。）

　　2 「お手洗いは？」（洗手間在哪裏？）

　　3 「すみません、お会計！」（麻煩結賬！）

解說：回應店員關於人數的詢問，所以是1。「いらっしゃいませ」源自「いらっしゃいます」，本來帶有輕微的命令意味，引申為「歡迎光臨」；「何名様ですか」則比「何人ですか」更有禮貌，多用於商鋪。

題6 **答案：3**

A：「先生、ちょっとお願いがありますが……」（老師我有一個請求……）

　　1 「何階ですか？」（幾樓？）

　　2 「何でですか？」（為甚麼？）

　　3 「何ですか？」（是甚麼？）

解說：問對方是什麼要求，日語回應是3。「何で（爲何＝どうして）ですか」與「何（什麼）ですか」只差一字，但意思完全不一樣，需要注意。

題7 **答案：1**

A：「今日は寒いですね！」（今天很冷吧！）

　　1 「ええ、本当に寒いですね！」（對，【你說的對，】真的很冷！）

　　2 「ええ、本当に寒いですよ！」（對，【你不知道了，】真的很冷！）

　　3 「ええ、本当に寒いですか？」（對，真的很冷嗎？）

解說：表示同意對方，有「你說的對」的語氣助詞是「ね」，所以是1。文末語氣助詞「ね」與「よ」的分別，可參閱 **47** 表示感嘆、徵求、同意的ね VS 提出反對／新資訊的よ。

題8 **答案：1**

A：「すみません、次の電車は何時ですか？」（請問，下一班的電車是幾點？）

　　1 「9:30ですから、もうすぐ来ますよ！」（是9點半，馬上就到了。）

　　2 「大人を2枚と子供を1枚ですね、かしこまりました。」（成人2張和小孩1張對吧，我明白了！）

　　3 「私は電車より新幹線のほうが好きですよ！」（相比電車，我更喜歡新幹線！）

解説：對方問關於時間的問題，正確回應是1。1的「もうすぐ」有「馬上」的意思，後多接動詞，表示「馬上 V」。2 的「かしこまりました」比「分（わ）かりました」更有禮貌，多用於店員對客人的處境。3 的「B より A のほうが好（す）き」，表示「相比起 B，更喜歡 A」的意思，是典型的比較文。

83 　圖畫綜合題①

題1 **答案**：3

クラスで先生（せんせい）が話（はな）しています。学生（がくせい）は明日（あした）どれを持（も）って行（い）かなくていいですか？

先生（せんせい）：明日（あした）はみんなで美術館（びじゅつかん）へ絵（え）を見（み）に行（い）って、それから奈良公園（ならこうえん）へピクニックに行（い）きます。カメラを持（も）ってきてください。もちろん、美術館（びじゅつかん）の中（なか）では写真（しゃしん）を撮（と）ってはいけませんが……。絵（え）を見（み）るのに、300円（えん）かかりますから、忘（わす）れないでください。バスの中（なか）で飲（の）んだり食（た）べたりすることができますから、好（す）きなおやつを持（も）ってきてもかまいません。明日（あした）は天気（てんき）がいいから、傘（かさ）は大丈夫（だいじょうぶ）です。

学生（がくせい）は明日（あした）どれを持（も）って行（い）かなくていいですか？

中譯：班上，老師正在談話。學生明天不用帶哪一個去呢？

老師：明天大家會先去美術館看畫作，然後一起去奈良公園郊遊。請帶相機。當然，在美術館內是不可以拍照的。看畫作要付入場費 300 日元，不要忘記帶錢。在巴士上可以飲食，帶自己喜歡的小吃也沒有所謂。明天因為是晴天，所以不用帶傘。

學生明天不用帶哪一個去呢？

題2 **答案**：3

女（おんな）の人（ひと）と店（みせ）の人（ひと）が話（はな）しています。女（おんな）の人（ひと）はデパートでどの靴（くつ）を買（か）いますか？

女（おんな）の人（ひと）：すみません、靴（くつ）を買（か）いたいですが、値段（ねだん）の安（やす）いものがいいです。

店（みせ）の人（ひと）：じゃあ、この3つはいかがですか。どれも2,000円（えん）ですよ。

女（おんな）の人（ひと）：私（わたし）はシンプルなものが好（す）きなので、これがいいですね。

店（みせ）の人（ひと）：でも今（いま）絵（え）があるものは人気（にんき）ですよ。それに、そんなに絵（え）がないので、シンプルです。

女（おんな）の人（ひと）：そうですね。じゃあ、これを下（くだ）さい。

店の人：ありがとうございます。

女の人はデパートでどの靴を買いますか？

中譯：女人和店員正在交談。女人會在百貨公司購買哪一雙鞋子？

女人：不好意思，我想買鞋，想要價錢較便宜的。

店員：那麼你覺得這三雙鞋子怎樣？每雙都只是 2,000 日元喔。

女人：我喜歡簡單點的，所以這雙比較好。

店員：但是現在有圖案的很受歡迎。而且，這雙的圖案也不多，設計很
　　　簡單。

女人：是喔。那給我這雙。

店員：謝謝惠顧。

女人會在百貨公司購買哪一雙鞋子？

題3　答案：4

医者が男の人に薬の飲み方を説明しています。医者のおススメの飲み
方はどれですか？

男の人：先生、薬は晩御飯を食べてから飲みますか？

医者：　それでもいいですが、寝る前に飲んだ方が一番いいと思いま
　　　すよ。体を温めて飲んでから寝るのがおススメです。

男の人：はい、分かりました。

医者のおススメの飲み方はどれですか？

中譯：醫生正在向男人說明藥物的服用方法。醫生建議的服用方法是
　　　哪個？

男人：醫生，藥是晚飯後服用的嗎？

醫生：你這樣也可以，不過我覺得睡前才服用是最好的。我建議暖和身
　　　體後服用，然後才去睡覺。

男人：好，我明白了。

醫生建議的服用方法是哪個？

84　圖畫綜合題②

題4　答案：1

男の人と女の人が話しています。二人はあさって何時にどこで待ち合
わせしますか？

女の人：じゃあ、あさって 12 時に映画館の前で会おうね。

男の人：ごめん、ちょっと映画館の場所が分からないから、駅で待ち合わせしてもいい？

女の人：しょうがないなぁ……

男の人：あと、その前に、先生と論文のことを相談しないといけないから、少し遅れるかも。

女の人：えっ、どのくらい遅れるの？

男の人：先生が1時間と言ってたけど、多分30分で終わると思うよ……でも、学校からそちらまで歩いて行くのに15分ぐらいかかるよね。

女の人：はいはい、分かった。

二人はあさって何時にどこで待ち合わせしますか？

中譯：男人和女人正在談話。兩人會在後天甚麼時候見面？

女人：那就後天12點電影院前面見面吧。

男人：抱歉，我不太知道電影院的位置，可以在車站見面嗎？

女人：真沒你辦法……

男人：還有見面之前，因為要跟老師討論論文的事情，可能會遲一點點到。

女人：是嗎？那你會遲多少呢？

男人：雖然老師說要一小時，但我想30分鐘就會結束吧……但是，從學校到你那邊，走路要15分鐘喔。

女人：好好，我明白了。

兩人會在後天甚麼時候見面？

題5 **答案：2**

アパートの大家さんと留学生のソフィアさんが話しています。ソフィアさんはどの部屋を選びますか？

大家：　　このアパートの大家の田中です。よろしくお願いします。

ソフィア：ロシアから来たソフィアです。よろしくお願いします。あのう、すみません、私の部屋は何番ですか？

大家：　　今空いている部屋はこの4つですが……5階はどうですか？部屋からの景色がきれいですよ！

ソフィア：あのう、私は高いところが怖いですが……

大家：　　そうですか。じゃあ、下の階のここは？

ソフィア：いいですが、部屋と部屋の間にあるのはちょっと……
大家：　　　じゃ、この部屋しかないですよ。
ソフィア：はい、ここにします。

ソフィアさんはどの部屋を選びますか？

中譯：公寓的房東和留學生索菲亞正在談話。索菲亞會選擇哪個房間？

房東：　我是公寓的房東田中。請多多指教。

索菲亞：我是從俄羅斯來的索菲亞。請多多指教。那個，不好意思，我的房間是幾號？

房東：　現在有四個房間空著呢……五樓的話你覺得怎樣？從房間看出去的風景很漂亮喔！

索菲亞：那個，我畏高……

房東：　是喔。那樓層低的這個呢？

索菲亞：雖然不錯，但被夾在房與房之間有點……

房東：　那，那只剩下這間了。

索菲亞：好，就這間吧。

索菲亞會選擇哪個房間？

題6　**答案：**4

男の人と女の人が話しています。コップをどこに入れたらいいですか？

女の人：橋本君、そのコップ、棚の中に入れてくださいませんか？

男の人：ここですか？

女の人：あっ、上じゃなくて、最も下の段に入れてください。

コップをどこに入れたらいいですか？

中譯：男人和女人在說話，杯子應該放在哪裏？

女人：橋本君，那個杯子，能替我放在櫃子裏嗎？

男人：是這裏嗎？

女人：不是上面，請放在最下那格。

杯子應該放在在哪裏？

85　圖畫綜合題③

題7　**答案：**1

レストランの店員と男の人が話しています。男の人はどのテーブルにしますか？

店員：　いらっしゃいませ。何名様ですか。
男の人：2人です。
店員：　ただいま2人席がございませんが、4人席でもよろしいですか？
男の人：そうですか？じゃ、お願いします。あっ、すみません、できれば、外が見えるところがいいですが……
店員：　はい、かしこまりました！こちらへどうぞ。

男の人はどのテーブルにしますか？

中譯：餐廳店員在和男人談話。男人選擇了哪個座位呢？

店員：歡迎光臨，請問幾位？

男人：兩位。

店員：現在兩人座位滿座了，請問介意坐四人座位嗎？

男人：是這樣啊？那拜託你了。啊，不好意思，如果有看得到外面的座位會更好……

店員：了解，請到這邊。

男人選擇了哪個座位呢？

題8

答案：2

店長と店員が話しています。店の看板はどれにしますか。
店長：いよいよ来週から店が始まるね。がんばらないと！
店員：でも店長、看板はまだできていませんが……
店長：あっ、そうだ。一番大事なものを忘れてた。ひらがなで「やましたからあげ」にしたらどう？
店員：ちょっと普通だと思いますが……
店長：じゃ、カタカナで？
店員：すこし変だと思いませんか？
店長：何かいいアイディアない？
店員：この近くに外国のお客様が泊まるホテルがたくさんあるので、皆様のわかる言葉でいいと思いますが……
店長：なるほど、じゃあそうするわ！

店の看板はどれにしますか。

中譯：店長在和店員談話。選擇了哪個作為商店的招牌呢？

店長：終於下週要開店了。不得不努力呢！

店長：可是店長，招牌還沒有造好……

店長：啊，確實呢。把最重要的事情忘記了。用平假名寫上「やました（山下）炸雞」怎麼樣？

店長：我覺得有點過於普通……

店長：那，用片假名？

店長：不覺得有一點奇怪嗎？

店長：有甚麼好的提議嗎？

店長：因為附近很多外國客人住的酒店，我認為用大家都能明白的語言會比較好……

店長：原來如此，就這樣決定吧！

選擇了哪個作為商店的招牌呢？

題9　　**答案：3**

先生と学生が話しています。先生は昨日どうして大変でしたか？

学生：先生、今日はどうしたんですか？ずっと咳していますね。

先生：昨日雨が降っていたでしょう。

学生：そうでしたが、でも先生は傘を持っていましたよね。

先生：私が住んでいるところはとても寒くて冬でも雪が降りますよ。昨日は雨だけじゃなくて風も強く吹いていました。家に帰ったら、ちょっと熱があって咳も出ました。

学生：そうですか。お体をお大事に。

先生は昨日どうして大変でしたか？

中譯：老師在和學生談話。老師昨天為甚麼很辛苦呢？

學生：老師，今天怎麼了嗎？一直在咳嗽呢。

老師：昨天不是下雨了嗎。

學生：的確是呢，不過老師不是有帶傘嗎？

老師：我住的地方很冷，冬天還會下雪呢。昨天不光是下雨，風還很大。到家之後有點發燒，還開始咳嗽。

學生：是這樣啊。請小心身體。

老師昨天為甚麼很辛苦呢？

題1　**答案：1**

男の人と女の人が話しています。女の人は去年の夏休みに何をしましたか。

男の人：来年の夏休みにイギリスへ行きますよね。

女の人：そうですね。ですから今年の夏休みは一生懸命英語を勉強しなければなりません。本当は遊びたいですけどね。去年の夏は海でバーベキューして、冬は北海道でスキーして、とても楽しかったです。

女の人は去年の夏休みに何をしましたか。

中譯：男人在和女人談話。女人在去年暑假做了甚麼呢？

男人：明年暑假要去英國對吧。

女人：對啊。所以雖然是很想去玩，但今年暑假不得不盡全力學習英語。想起去年夏天去了海邊燒烤，冬天去了北海道滑雪，過得非常開心呢。

女人在去年暑假做了甚麼呢？

題2　**答案：4**

お母さんと子供が話しています。子供は何を買って来なければなりませんか？

お母さん：たけし、牛乳とたまご買ってきて。

子供：　　牛乳はまだ冷蔵庫に入ってるよ。

お母さん：じゃあ、牛乳じゃなくてビール買ってきて。

子供：　　チョコレートは？

お母さん：だめだめ、あんた最近食べ過ぎだから。そうそう、にんじんも買ってきて。

子供：　　僕にんじん好きじゃないけど。

お母さん：いいから、早く買ってきなさい！

子供は何を買って来なければなりませんか？

中譯：母親在和孩子談話。孩子不得不買甚麼回來呢？

母親：小武，去把牛奶和雞蛋買回來。

孩子：在冰箱裏還有牛奶喔。

母親：那，不買牛奶把啤酒買回來吧。

孩子：朱古力呢？

母親：不行不行，你最近吃太多了。對了，也買點紅蘿蔔回來。

孩子：可是我不喜歡紅蘿蔔。

母親：別說了，趕快去買回來！

孩子不得不買甚麼回來呢？

題3

答案：4

男の子と女の子が話しています。この前のテストで誰の点数が一番高かったですか？

女の子：たけしくん、この前のテスト、点数何点だった？

男の子：僕は 50 点だったけど、みさえちゃんは？

女の子：あたしはたけしくんより、5 点高かったわ……

男の子：直美ちゃんが一番良かったかな？

女の子：直美ちゃんはテストの日に風邪をひいてあまりよくできなかった。43 点と言ってたよ。

男の子：へえ、そうなんだ。それは残念だったね。ひろしくんは？

女の子：テストの日に学校にこなかったから、一点もなかったと思うよ。

この前のテストで誰の点数が一番高かったですか？

中譯：男孩和女孩在談話。上一次的測驗誰拿了最高的分數？

女孩：阿武，之前的測驗你拿到幾分？

男孩：我拿到 50 分呢，美冴呢？

女孩：我比阿武高 5 分呢……

男孩：直美應該考得最好吧？

女孩：直美測驗當天因為感冒了，所以沒有表現得很好呢。她說只有 43 分。

男孩：欸，原來如此。真可惜呢。那阿浩呢？

女孩：測驗當天他沒有來學校，所以我想他 1 分也沒有拿到呢。

上一次的測驗誰拿了最高的分數？

題4 **答案**：2

男の人と女の人がデパートでシャツを見ています。二人はどのシャツを買いますか？

男の人：明日は直美さんのお父さんの誕生日でしょう。この白いシャツをプレゼントしたら？

女の人：そうね、そうしよう。でも白だけじゃ足りないよね。この黄色いシャツも買おうかなぁ。

男の人：でも、この黄色いシャツはすごく高いけど……ほらみて、青いシャツと赤いシャツは今安くなってるけど、買ったら？

女の人：家に青はたくさんあるから、赤だけもらおう。

二人はどのシャツを買いますか？

中譯：男人和女人在百貨公司裏看襯衫。兩人決定買哪一件襯衫呢？

男人：明天是直美爸爸的生日對吧？不如買這件白色的襯衫送給他？

女人：對啊，就這樣吧。不過只送一件白色的似乎不足夠呢。這件黃色的都一併買了吧。

男孩：不過，這件黃色的襯衫可是超級昂貴……你看看這邊，藍色的襯衫和紅色的襯衫現在減價了，不如買這兩件？

女孩：家裏已經有很多藍色的了，只買紅色的吧。

兩人決定買哪一件襯衫呢？

題5 **答案**：3

男の人と女の人が話しています。女の人の家に猫が何匹いますか？

男の人：直美さんは猫を飼っていますよね。何匹ですか？

女の人：はじめは3匹だったけど、先週友達から2匹もらって、そして昨日たけしくんが欲しいと言ってたから、1匹あげたわ。

男の人：じゃあ、全部で……

女の人：あ、そういえば、昨日の夜赤ちゃんが1匹生まれたから、全部で……

^{おんな} ^{ひと} ^{いえ} ^{ねこ} ^{なんびき}
女の人の家に猫が何匹いますか？

中譯：男人和女人正在談話。女人家裏有多少隻貓咪？

男人：直美家中有養貓吧。有幾多隻貓咪呢？

女人：一開始的時候有 3 隻小貓，上星期在朋友處收養了 2 隻，然後昨天武君說想要養小貓，所以就給他一隻了。

男人：那麼，總共有……

女人：啊，話說回來，昨天晚上有隻貓咪誕下了 1 隻小貓，所以總共是……

女人的家裏有多少隻貓咪？

題6 **答案：1**

^{おとこ} ^{ひと} ^{おんな} ^{ひと} ^{はな} ^{あした ふたり}
男の人と女の人が話しています。明日二人はどんなスポーツをしますか。
^{おんな} ^{ひと} ^{あした たっきゅう}
女の人：明日卓球しませんか？
^{おとこ} ^{ひと} ^{たっきゅう}
男の人：卓球？
^{おんな} ^{ひと}
女の人：ピンポンよ、ピンポン。
^{おとこ} ^{ひと} ^{ほう}
男の人：あ、なるほど。でも、テニスかサッカーの方がいいんですが……
^{おんな} ^{ひと} ^{あした} ^{あめ} ^{わたし} ^す
女の人：明日は雨ですよ。私の好きなゴルフもできないわ。
^{おとこ} ^{ひと} ^{へ や} ^{なか}
男の人：しょうがないね、部屋の中でできるスポーツにしよう。

^{あした ふたり}
明日二人はどんなスポーツをしますか。

中譯：男人和女人正在談話。明天兩人將要做甚麼運動呢？

女人：明天要一起打乒乓球嗎？

男人：乒乓球？

女人：乒乓球啊，乒乓。

男人：啊，原來是這個。不過，我比較想打網球或踢足球……

女人：明天下雨啊。我也打不了我喜歡的哥爾夫球呢。

男人：沒辦法了，唯有做可以在室內做的運動吧。

明天兩人將要做甚麼運動呢？

題7 **答案：2**

お母さんと男の子が話しています。男の子のお父さんのスケジュールはどれですか？

男の子： ママ、パパは今どこにいるの？

お母さん：パパは今東京でお仕事しているよ。

男の子： いつ帰ってくるの？

お母さん：今週の金曜日に千葉のお家に帰ってくるよ。その次の日はたけしくんと一緒にディズニーランドへ……

男の子： わ～やった。ディズニーランド、ディズニーランド。

お母さん：あんた早く寝なさい。明日学校があるでしょう。お父さんも明日北海道に仕事に行くと言ってたけど、もうホテルで寝ているのかしら。

男の子のお父さんのスケジュールはどれですか？

中譯：媽媽和男孩正在談話。男孩的爸爸的行程是哪一個呢？

男孩：媽媽，爸爸現在在哪裏？

媽媽：爸爸現在在東京上班喔。

男孩：甚麼時候回家啊？

媽媽：這個星期五會回千葉縣的家喔。第二天會和武君一起去迪士尼樂園……

男孩：哇～太棒了！迪士尼樂園！迪士尼樂園！

媽媽：快點上床睡覺吧。明天還要上學呢。爸爸也說了明天要去北海道工作，現在應該已經在酒店睡著了吧？

男孩的爸爸的行程是哪一個呢？

題8 **答案：4**

男の人と女の人が電話で話しています。男の人のお母さんは何時に帰ってくると言っていましたか。

女の人：もしもし、たけしくん、お母さんいますか？

男の人： 母は今出かけています。12時ごろに家を出ましたが、3時間後に帰ってくると言ってましたよ。

女の人： 今1時ですから、あと2時間ですね。

男の人のお母さんは何時に帰ってくると言っていましたか。

中譯：男人和女人正在通電話。男人的媽媽說會幾點回家呢？

女人： 喂，武君，請問你媽媽在家嗎？

男人： 媽媽出門去了。她大概12時左右出門的，她說3個小時後會回來。

女人： 現在是1時，所以還有2小時對吧。

男人的媽媽說會幾點回家呢？

答案：4

男の子と女の子が話しています。二人はどの漢字を見ていますか。

男の子： 見て、この漢字は全部同じものからできていて面白いですね。

女の子： 本当だね、同じものが3つもありますね。

男の子： 1つだけだと、意味は英語のSundayだと先生が言っていましたが、3つだと三週間の意味かな？

女の子： あたしも分かりません。

二人はどの漢字を見ていますか。

中譯：男孩和女孩正在談話。兩人正在看甚麼漢字呢？

男孩子： 看看！這個漢字整個都是由同一個漢字組成的，很有趣呢。

女孩子： 真的是這樣呢！同樣的東西有三個呢。

男孩子： 老師說只有一個字的話，意思就是英語裏的Sunday，有三個字的話就是三個星期囉？

女孩子： 我也不是太清楚呢。

兩人正在看甚麼漢字呢？

題 1　**答案**：4
　　　中譯：請穿著大衣來。

題 2　**答案**：1
　　　中譯：請切菜。

題 3　**答案**：3
　　　中譯：最入面的房間是女朋友的房間。

題 4　**答案**：1
　　　中譯：雖然我的房子細小但明亮。

題 5　**答案**：4
　　　中譯：後花園有狗屋。

題 6　**答案**：4
　　　中譯：全部一共三千三百日元。

題 7　**答案**：1
　　　中譯：昨天第一次乘搭新幹線。

題 8　**答案**：2
　　　中譯：請告訴我你的夢想。

題 9　**答案**：3
　　　中譯：今天精神不太好。

題 10　**答案**：4
　　　中譯：看了那個電影，好感動。

題 11　**答案**：3
　　　中譯：3 月 9 日會去北海道。

題 12　**答案**：3
　　　中譯：不好意思，請問出口在哪一邊？

題 13　**答案**：1
　　　中譯：買了甚麼禮物給你的媽媽？

題 14　**答案**：3
　　　中譯：請告訴我你的電郵。

題 15　**答案**：3

　　中譯：前些日子與朋友去了名古屋。

題 16　**答案**：3

　　中譯：不如一起去車站前的拉麵店吧！

題 17　**答案**：2

　　中譯：普通列車比特快列車的車票平。

題 18　**答案**：3

　　中譯：因為十分昂貴，所以不買會比較好。

題 19　**答案**：2

　　中譯：不要站在椅子上，請坐下。

題 20　**答案**：4

　　中譯：今天跟同學穿著同一件衣服。

題 21　**答案**：1

　　中譯：前年去了京都三次。

題 22　**答案**：1

　　中譯：因為很寒冷，可以關風扇嗎？

題 23　**答案**：4

　　中譯：田中小姐戴著漂亮的頸鏈。

題 24　**答案**：1

　　中譯：因為已經十二點，漸漸覺得睏。

題 25　**答案**：4

　　中譯：到二樓，是走樓梯還是坐扶手電梯？

題 26　**答案**：2

　　中譯：今早在公園遇到鈴木先生 / 小姐。

題 27　**答案**：3

　　中譯：A：再來一杯啤酒如何？

　　　　　　B：那我就不客氣了。

題 28　**答案**：1

　　中譯：A：好吧，一起加油！

　　　　　　B：好，一起加油啦。

答案：4

中譯：木村先生 / 小姐寫的字不凌亂 (很整齊)，所以很羨慕。

答案：3

中譯：先生：金先生 / 小姐你昨天感冒了，因此沒來大學，明白了。

金：老師，真的不好意思。

答案：1

中譯：請說慢一點。

1　請說慢一點。　　　　　　　　　2　請說快一點。

3　請說得有趣一點。　　　　　　　4　請說得長一點。

答案：4

中譯： 吃午飯之前，先喝了牛奶然後吸了煙。

1　吸了煙之後，喝了牛奶，然後吃了午飯。

2　吸煙之前，喝了牛奶，然後吃了午飯。

3　喝牛奶之前，吸了煙，然後吃了午飯。

4　喝了牛奶之後，吸了煙，然後吃了午飯。

答案：3

中譯：現在是，還有五分鐘就三點。

1　現在是三點五分。　　　　　　　2　五分鐘之前是三點。

3　五分鐘之後是三點。　　　　　　4　三點之後是五分。

答案：1

中譯：從前輩那裏得到一本古舊的字典。

1　前輩給了我一本古舊的字典。

2　前輩得到了我給的古舊的字典。

3　我給了前輩一本古舊的字典。

4　我借給了前輩一本古舊的字典。

答案：3

中譯：不好意思，請沿著路向前走。

1　不好意思，請沿著路向右轉。

2　不好意思，請沿著路左轉。

3　不好意思，請不要轉彎。

4　不好意思，請不要走過這條路。

題 1　**答案**：3

中譯：上週坐船去了九州。

題 2　**答案**：4

中譯：史密夫先生雖然不擅長英文，但卻精通法文。

題 3　**答案**：2

中譯：即將大學畢業了，因而心感寂寞。

題 4　**答案**：3

中譯：下週將回鄉與很長久沒見的朋友會面，所以感到很興奮。

題 5　**答案**：3

中譯：一郎：昨天和洋子兩個人去約會了哦。

　　　　健太：哦，是嗎？你們去了哪裏啊？

題 6　**答案**：4

中譯：雖然只去了巴黎一次，但已經十分喜歡那地方。

題 7　**答案**：3

中譯：田中小姐，賞面的話下次一起去賞花好嗎？

題 8　**答案**：1

中譯：前田：報告寫好了嗎？

　　　　伊藤：還沒有。現在開始努力寫。

題 9　**答案**：1

中譯：昨天看的動畫挺有趣。

題 10　**答案**：2

中譯：正在一邊聽音樂一邊看漫畫。

題 11　**答案**：3

中譯：老師：有在大阪吃了甚麼好吃的東西嗎？

　　　　學生：有啊！吃了御好燒。

題 12　**答案**：4

中譯：因為三次求婚也都失敗收場，所以已經放棄了。

題 13　**答案**：4

中譯：學生：老師，論文最遲要何時提交呢？

　　　　老師：本月的 20 號前。

題 14　**答案：**2

　　中譯：下次有空的話，請來玩吧。

題 15　**答案：**1

　　中譯：山下：剛才和安藤談了甚麼？

　　　　　鈴木：沒有啊，甚麼也沒有說啊！

題 16　**答案：**3

　　中譯：店員：歡迎光臨！

　　　　　遠藤：不好意思，請給我 3 個抹茶蛋糕。

　　　　　店長：明白了，盛惠 2,100 円。

題 17　**答案：**3241　★ =4

　　中譯：因為留學資金不足，所以他毅然退學並開始了現在的工作。

題 18　**答案：**1423　★ =2

　　中譯：在圖書館高聲談話會騷擾到他人。

題 19　**答案：**1423　★ =2

　　中譯：秋山：不嫌棄的話，由我教你日文好嗎？

　　　　　羅拔圖：謝謝你。

題 20　**答案：**2431　★ =3

　　中譯：在銀行和超市中間的咖啡店喝了杯咖啡。

題 21　**答案：**1342　★ =4

　　中譯：坂本小姐說她將來想要成為護士。

題 22 至題 27 請參考以下譯文：

昨天是學校遠足的日子，三年 A 組的田中君和木村君寫了以下的作文。

1　　**中譯：**昨天是學校的旅行日。大家在明治公園大概散步了 2 小時。天氣很好，不過有點熱。公園前的便利店有看起來很好吃的雪糕賣，所以我買了，並一邊行一邊吃。過了十分愉快的一天。

　　　　　　　　　　　　　　　　　　　　　　　　3A 班　田中一郎

2 **中譯：** 昨天是學校的旅行日。不過我患了感冒，所以要在家中休息。身體很疲乏，所以由前天晚上 10 時睡到昨天下午 1 時，竟然睡了 15 小時。下午，收到了田中同學的電郵和照片，看到後真的很羨慕。哪天一定要與大家一起去。

3A 班　木村次郎

題 22	**答案：** 3
題 23	**答案：** 2
題 24	**答案：** 1
題 25	**答案：** 2
題 26	**答案：** 3
題 27	**答案：** 2

1

「我」的自我介紹

中譯：「我」是一張紙。我身體上有名字、地址等等。看了我身體的話，就會知道那人名字的讀音。而且也會知道那人居住何處。當然也有那人的電郵聯絡方法。

題 28　**答案：** 3

中譯： 我身體「沒有」的東西是？

　　　　1　名字　　　2　電郵
　　　　3　生日　　　4　地址

中譯：（在公司）金先生看了備忘錄

2 金先生：因為今天有事要做，要比平時的 6 時半稍為早走。還有一件事想拜託你，7 時左右應該會有速遞送來，想請你幫我收件。郵費已經支付了所以金錢方面不用麻煩你。不好意思，那麼我就先回去了。

佐藤三郎

答案：2

中譯：今天金先生有甚麼事要做？

1 為佐藤先生送件　　　　2 為佐藤先生收件

3 等佐藤先生到 7 時　　　4 替佐藤先生付款給速遞人員

3　**中譯**：

山度士寫了一份關於動物鳴叫聲的報告：

古時日本的動物的叫聲，和現今的可說是完全不同。狗並不是汪汪的叫而是 biyobiyo 的叫。現在我們常聽到的貓叫是 nyannyan 的，但以前是寫做 neuneu，讀作 nennen。如果再看看其他國家，他們的動物叫聲也會有所不同。例如在中國，貓並非像日本 nyannyan 的叫，而是喵喵的叫。在美國，狗吠聲是 baubau 聲的。這些動物叫聲，稱為擬聲擬態詞（onomatopee），實在是十分有趣。

答案：4

中譯：下列哪一項描述是正確？

1 美國和日本的狗吠聲一樣，都是汪汪的叫。

2 在日本，現今貓叫聲是 nyannyan 叫的，而古時是喵喵叫的。

3 古時日本的貓是 neuneu 叫的。

4 以前日本的狗吠聲和現在並不相同。

中譯：

標題：同學在演講比賽中得到了第一名

上週的演講比賽中，同班的李民同學得到了第一名。李民同學從家鄉蒙古來了日本差不多 3 年了。一開始時完全不會日語，但之後認識了很多日本人朋友並且十分努力學習，漸漸變得流利起來。李民同學在演講比賽中發表關於日本甜品的演說。他說日本人喜歡一邊喝著不甜的茶一邊吃甜品。李民同學對日本料理很有興趣，所以他說想回鄉後在家鄉的日本餐廳工作。因此來年他將會在專門學校修讀關於日本的飲食文化。

題 31　**答案：**1

　　中譯：李民同學為甚麼日語會變得流利？

　　　　1　因為結識了很多日本人朋友。

　　　　2　因為曾在日本餐廳打工。

　　　　3　因為在演講比賽中得了第一。

　　　　4　因為在專門學校修讀了關於日本的飲食文化。

題 32　**答案：**1

　　中譯：日本人會一邊喝甚麼的飲品，一邊吃甚麼甜品？

　　　　1　一邊喝少糖的咖啡，一邊吃草莓蛋糕。

　　　　2　一邊喝多糖的咖啡，一邊吃草莓蛋糕。

　　　　3　一邊喝少糖的咖啡，一邊吃不甜的朱古力蛋糕。

　　　　4　一邊喝多糖的咖啡，一邊吃甜的朱古力蛋糕。

　　中譯：同班的李同學在筆記上寫了一些片假名：

片假名	意思	例句
①ラベンダー	紫色的花（薰衣草）	在北海道看了薰衣草。
②ベテラン	前輩 / 老練者	在公司向前輩學習工作內容。
③ベランダ	在家外面，是擺放洗衣機的地方（陽台）	在陽台擺放了一台洗衣機。
④カレンダー	看了這個，幾天是幾月幾號星期幾一目瞭然（月曆）	在月曆上寫上了女朋友的生日。
⑤レンタカー	從店裏租的車（租車）	和女朋友租車自駕遊去了北海道。

題 33　**答案：**2

　　中譯：李同學即將寫有關旅行的作文。

　　1. 何時去旅行？　　　2. 和誰一同去？　　　3. 如何去？

　　必須就以上三項內容寫作。李同學能用得到的片假名是下列哪項？

　　1　租車，陽台，月曆　　　　　2　租車，前輩，月曆

　　3　前輩，陽台，月曆　　　　　4　月曆，前輩，陽台

題1　答案：1
男の人と運転手が話しています。男の人はどこへ行きますか？
男の人：運転手さん、次の信号を右に曲がって、その次の信号を左に曲がって下さい。
運転手：はい、かしこまりました。。
男の人はどこへ行きますか？

中譯：男人在和和司機在說話。男人要去哪裏呢？

男人：司機先生，請在下一個紅綠燈向右轉，然後再下一個紅綠燈向左轉。

司機：好的，明白了。

男人要去哪裏呢？

題2　答案：1
留学生たちが話しています。二人はどの漢字を話していますか？
女性の留学生：クリスさん、この漢字をどうやって覚えていますか？
男性の留学生：私はカタカナと曜日で覚えてます。
女性の留学生：えっ、どうやってですか？
男性の留学生：左側はカタカナの「イ」に似ていますよね。
女性の留学生：なるほど、似ていますね。
男性の留学生：右側は土曜日に似ていますね。
女性の留学生：そうですね、でも上は長くて下は短いですね。
男性の留学生：そうそうそう、そんな感じで覚えています。

二人はどの漢字を話していますか？

中譯：留學生們正在對話，他們在討論哪個漢字？

女留學生：克里斯，你是怎樣記住這個漢字的？

男留學生：我是靠片假名和星期幾去記住的。

女留學生：誒，到底是如何？

男留學生：左邊的漢字像片假名的「イ」吧！

女留學生：原來如此，確實很像呢。

男留學生：右邊就像代表星期六的「土」。

女留學生：對呢，不過是上長下短。

男留學生：對對對，就是憑這樣的感覺。

他們在討論哪個漢字？

1 仕　　2 伙　　3 沐　　4 泊

題3 答案：3

<ruby>女<rt>おんな</rt></ruby>の<ruby>人<rt>ひと</rt></ruby>が<ruby>話<rt>はな</rt></ruby>しています。<ruby>今日<rt>きょう</rt></ruby>の<ruby>昼<rt>ひる</rt></ruby>ご<ruby>飯<rt>はん</rt></ruby>、<ruby>何<rt>なに</rt></ruby>を<ruby>食<rt>た</rt></ruby>べましたか？<ruby>今日<rt>きょう</rt></ruby>の<ruby>昼<rt>ひる</rt></ruby>ご<ruby>飯<rt>はん</rt></ruby>です。

<ruby>私<rt>わたし</rt></ruby>はいつも<ruby>会社<rt>がいしゃ</rt></ruby>で<ruby>昼<rt>ひる</rt></ruby>ごはんを<ruby>食<rt>た</rt></ruby>べます。<ruby>魚定食<rt>さかなていしょく</rt></ruby>を<ruby>食<rt>た</rt></ruby>べたり、ラーメンを<ruby>食<rt>た</rt></ruby>べたりします。<ruby>同僚<rt>どうりょう</rt></ruby>の<ruby>中<rt>なか</rt></ruby>には<ruby>自分<rt>じぶん</rt></ruby>でお<ruby>弁当<rt>べんとう</rt></ruby>を<ruby>持<rt>も</rt></ruby>ってきて<ruby>食<rt>た</rt></ruby>べる<ruby>人<rt>ひと</rt></ruby>が<ruby>多<rt>おお</rt></ruby>いです。<ruby>今日<rt>きょう</rt></ruby>はとても<ruby>忙<rt>いそが</rt></ruby>しかったので、ランチはサンドイッチとコーヒーだけでした。ご<ruby>飯<rt>はん</rt></ruby>を<ruby>食<rt>た</rt></ruby>べている<ruby>時<rt>とき</rt></ruby>に、<ruby>同僚<rt>どうりょう</rt></ruby>の<ruby>木村<rt>きむら</rt></ruby>さんにりんごを１つもらいました。おいしかったです。

<ruby>今日<rt>きょう</rt></ruby>の<ruby>昼<rt>ひる</rt></ruby>ご<ruby>飯<rt>はん</rt></ruby>、<ruby>何<rt>なに</rt></ruby>を<ruby>食<rt>た</rt></ruby>べましたか？<ruby>今日<rt>きょう</rt></ruby>の<ruby>昼<rt>ひる</rt></ruby>ご<ruby>飯<rt>はん</rt></ruby>です。

中譯：女人正在說話。今天的午飯她吃了甚麼？是今天的午飯。

我平時都會在公司吃午飯。有時候吃魚定食，有時候是拉麵。同事們很多人都會自己帶便當回來吃。今天很忙碌，所以午餐只吃了三文治和咖啡。吃午餐時，同事木村先生／小姐送了一個蘋果給我，真好吃。

今天的午飯她吃了甚麼？是今天的午飯。

題4 答案：1

<ruby>男<rt>おとこ</rt></ruby>の<ruby>人<rt>ひと</rt></ruby>と<ruby>女<rt>おんな</rt></ruby>の<ruby>人<rt>ひと</rt></ruby>が<ruby>話<rt>はな</rt></ruby>しています。<ruby>女<rt>おんな</rt></ruby>の<ruby>人<rt>ひと</rt></ruby>は<ruby>今日<rt>きょう</rt></ruby><ruby>友達<rt>ともだち</rt></ruby>に<ruby>何<rt>なに</rt></ruby>で<ruby>連絡<rt>れんらく</rt></ruby>しますか？

<ruby>男<rt>おとこ</rt></ruby>の<ruby>人<rt>ひと</rt></ruby>：お<ruby>友達<rt>ともだち</rt></ruby>によく<ruby>電話<rt>でんわ</rt></ruby>しますか？

<ruby>女<rt>おんな</rt></ruby>の<ruby>人<rt>ひと</rt></ruby>：いいえ、<ruby>最近<rt>さいきん</rt></ruby>はあまり<ruby>電話<rt>でんわ</rt></ruby>しませんが……

<ruby>男<rt>おとこ</rt></ruby>の<ruby>人<rt>ひと</rt></ruby>：そうですか、じゃメールですか？

<ruby>女<rt>おんな</rt></ruby>の<ruby>人<rt>ひと</rt></ruby>：そうですね、<ruby>昔<rt>むかし</rt></ruby>は<ruby>結構<rt>けっこう</rt></ruby><ruby>手紙<rt>てがみ</rt></ruby>を<ruby>書<rt>か</rt></ruby>いていましたが、<ruby>最近<rt>さいきん</rt></ruby>は<ruby>大体<rt>だいたい</rt></ruby>パソコンのメールを<ruby>送<rt>おく</rt></ruby>ります。でも<ruby>昨日<rt>きのう</rt></ruby>からパソコンの<ruby>調子<rt>ちょうし</rt></ruby>が<ruby>悪<rt>わる</rt></ruby>いので、<ruby>今日<rt>きょう</rt></ruby>は<ruby>携帯<rt>けいたい</rt></ruby>で<ruby>送<rt>おく</rt></ruby>ります。

<ruby>女<rt>おんな</rt></ruby>の<ruby>人<rt>ひと</rt></ruby>は<ruby>今日<rt>きょう</rt></ruby><ruby>友達<rt>ともだち</rt></ruby>に<ruby>何<rt>なに</rt></ruby>で<ruby>連絡<rt>れんらく</rt></ruby>しますか？

中譯：男人正在和女人對話，女人今天用甚麼方法聯絡朋友？

男人：你常常打電話給朋友嗎？

女人：不是，最近沒怎麼打電話⋯⋯

男人：是嗎？那麼電郵呢？

女人：嗯，以前常寫信，不過最近多數用電腦發電郵。但是昨天開始電
　　　腦壞了，今天只能用手機發電郵。

女人今天用甚麼聯絡了朋友？

題5

答案：1

おとこ ひと おんな ひと はな　　　　　　　　ふたり　　　　　　　　かえ
男の人と女の人が話しています。二人はどうやって帰りますか？

おとこ ひと　けっこうあめ　ふ
男の人：結構雨が降っていますね。

おんな ひと
女の人：そうだね、どうしよう。どうやって帰るの。

おとこ ひと　ほんとう　ちかてつ　かえ　　　　　　　　　　　　　　じかん
男の人：本当は地下鉄で帰りたかったですが、この時間じゃもうない
　　　　　ですよね。

おんな ひと　わたし　じてんしゃ　き　　　　　　　　おおあめ　　　　　　　あぶ
女の人：私は自転車で来たけど、こんな大雨じゃちょっと危ないかも。

おとこ ひと　　　たか　　　　　　　　　　よ　　　　　　　　ふたり
男の人：じゃあ高いですけど、呼びましょうか？２人でシェアしまし
　　　　　ょう。

おんな ひと
女の人：いいわよ。

ふたり　　　　　　　　かえ
二人はどうやって帰りますか？

中譯：男人正在和女人對話，兩人今天怎樣回家？

男人：下雨下得好大啊。

女人：對啊，怎麼辦。你怎樣回去？

男人：本來想坐地下鐵回去，不過這個時間已經沒地鐵了。

女人：我是踏單車來的，這麼大雨有點危險呢。

男人：那麼，雖然有點貴，不如叫（的士）吧？一起分擔車費。

女人：好啊。

兩人今天怎樣回家？

題6

答案：4

いざかや　　　にん ひと　はな　　　　　　　　おとこ ひと　　　　あとなに　ちゅうもん
居酒屋で３人の人が話しています。男の人はこの後何を注文しますか？

おとこ ひと　　　　　　ちゅうもん
男の人：じゃあ、注文しましょうか？とりあえず、ビールを三つもら
　　　　　いましょう。

おんな ひと　　　　　　　さけ　にがて　　　　　　　　　　ちゃ
女の人：あたしは酒は苦手なので、ウーロン茶にしてください。

男の人：そうですか、でも今日は忘年会ですから、少しぐらいはいい
　　　　でしょう。

女の人：じゃあ、いっぱいだけいただきます。

女の子：すみません、先輩、あたしはまだ16歳ですが……

男の人：そっか、君こそウーロン茶にしないといけないですね。

女の人：そういえば、鈴木君はもうすぐ車で来ますよ。

男の人：彼は酒が好きですが、今日は車だから、同じくお茶をもらい
　　　　ましょう。すみません、注文お願いします。

男の人はこの後何を注文しますか？

中譯：居酒屋裏有三人正在談話，男人最後點了甚麼？

男人：好了，點菜吧？暫時先要三杯啤酒吧。

女人：我不太會喝酒，麻煩你替我點烏龍茶好了。

男人：這樣啊，不過今天是忘年會，喝少少也好吧。

女人：那麼，就要一杯啤酒吧。

女孩：不好意思，前輩，我只得16歲……

男人：這麼，你一定只能喝烏龍茶呢。

女人：聽說，鈴木君開車馬上就到這裏來了。

男人：他很喜歡喝酒，可今天開車來，那只能再要一杯烏龍茶。

　　　　（高呼店員：）不好意思，我要點菜。

男人最後點了甚麼？

題7　**答案：**2

夫婦で話しています。パーティーは何時からですか？

夫：洋子、いま何時？

妻：そろそろ7時よ。会社の飲み会は何時からなの？

夫：8時からだと思うけど。

妻：ずいぶん遅い飲み会だね。

夫：あっ、しまった！8時じゃなくて18時からだった。時間を見間違
　　えた。

妻：急いで行かないと……

パーティーは何時（なんじ）からですか？

中譯：夫婦正在對話，派對幾點開始呢？

丈夫：洋子，現在幾點？

太太：差不多 7 點了，公司的酒會幾點開始？

丈夫：我想是 8 點開始。

太太：酒會的開始時間挺晚的呢。

丈夫：啊，糟糕了！不是 8 點，是 18 點啊。看錯時間了！

太太：那得趕快點了。

派對幾點開始呢？

答案：3

題8

男（おとこ）の人（ひと）と女（おんな）の人（ひと）が話（はな）しています。男（おとこ）の人（ひと）はどんな寿司（すし）を注文（ちゅうもん）しますか？

女（おんな）の人（ひと）：お寿司（すし）は久（ひさ）しぶりだね。

男（おとこ）の人（ひと）：そうね、今日（きょう）はたくさん食（た）べましょう。

女（おんな）の人（ひと）：すみません、マグロ、わさび抜（ぬ）き、1 つ下（くだ）さい。

男（おとこ）の人（ひと）：あのう、抜（ぬ）きはなんですか？

女（おんな）の人（ひと）：いらないという意味（いみ）ですよ。

男（おとこ）の人（ひと）：へえ、それは知（し）らなかったです。じゃあ。マグロを 2 つと、サーモンを 1 つください。サーモンはわさび抜（ぬ）きでお願（ねが）いします。

男（おとこ）の人（ひと）はどんな寿司（すし）を注文（ちゅうもん）しますか？

中譯：男人和女人正在對話，男人點了甚麼壽司？

女人：很久沒吃壽司呢。

男人：對啊，今天吃個夠本吧。

女人：不好意思，麻煩你一份走芥末的吞拿魚壽司。

男人：咦，「走」是甚麼意思？

女人：是「不要」的意思哦。

男人：是嗎，這個我真的不知道啊。那麼，麻煩要兩份吞拿魚、一份三文魚，三文魚走芥末。

男人點了甚麼壽司？

1　兩份吞拿魚、一份三文魚，全部要芥末

2　兩份吞拿魚、一份三文魚,全部不要芥末

3　兩份吞拿魚、一份三文魚,只是三文魚不要芥末

4　兩份吞拿魚、一份三文魚,只是吞拿魚不要芥末

題9　**答案:4**

男の人と女の人が話しています。女の人はどうして困っていますか?

女の人:困ったなぁ!

男の人:どうしたの、具合でも悪い?

女の人:違うよ。

男の人:新しい仕事がうまくいかないとか。

女の人:全然!

男の人:彼が冷たいの?

女の人:そうじゃなくて、実は全然ないのよ。ねえねえ、すこし貸してくれる?来月返すから、お願い!

女の人はどうして困っていますか?

中譯:男人和女人正在對話,女人為甚麼在煩惱?

女人:真煩惱!

男人:怎麼了,身體不舒服?

女人:不是啊。

男人:新工作不順利?

女人:完全沒有!

男人:男朋友對你很冷淡?

女人:不是啊,其實是一點也沒有(錢)。能不能借一點給我?下個月會還給你,拜託!

女人為甚麼在煩惱?

1　因為身體不舒服　　　　2　因為新工作不順利

3　因為男朋友對她很冷淡　4　因為沒有錢

題10　**答案:4**

男の人と店員が話しています。男の人は何を注文しましたか。

店員:　ご注文はいかがですか?

男の人：ハンバーグセットを１つください。

店員：お飲み物はいかがですか？

男の人：ホットコーヒーをください。

店員：ハンバーグセットとホットコーヒーですね。かしこまりました！

男の人：すみません、やっぱりハンバーグセットをやめて、カレーライスをもらいますか。飲み物はそのままでいいです。

店員：はい、ありがとうございます。

男の人は何を注文しましたか。

中譯：男人正在和店員對話。男人點了甚麼？

店員：請問您要甚麼？

男人：麻煩你一份漢堡扒套餐。

店員：請問飲品要甚麼？

男人：請給我熱咖啡。

店員：漢堡扒套餐一份和熱咖啡，明白了。

男人：抱歉，還是不要漢堡扒套餐了，麻煩改成咖喱飯。飲品照舊就可以了。

店員：好的謝謝惠顧。

男人點了甚麼？

1　漢堡扒套餐和凍咖啡　　　　2　咖喱飯和凍咖啡

3　漢堡扒套餐和熱咖啡　　　　4　咖喱飯和熱咖啡

題11 **答案：**3

女の人が店員と話しています。機械のどのボタンを押しますか？

女の人：すみません、この機械の使い方を教えてください。

店員：はい、かしこまりました。

女の人：暖かくしたいんですが、どのボタンを押しますか？緑のボタンを押したらいいですか？

店員：それはオンオフのボタンですよ。

女の人：じゃあ、違いますね。どのボタンを押したらいいですか？

店員：青いボタンを押すと、寒くなりますが、赤いボタンを押す

と、暖かくなりますよ。黄色いのは、時間をセットするボタンです。

女の人：なるほど、じゃあこのボタンを押したらいいですね。

機械のどのボタンを押しますか？

中譯：女人正在和店員對話。女人要按機器的哪個按鈕？

女人：不好意思，請你教我怎樣操作這部機器。

店員：明白！

女人：我想要暖一點，要按哪個按鈕？是不是按綠色按鈕？

店員：那個是開關鍵。

女人：那麼不是這個按鈕呢，我該按哪個按鈕？

店員：按藍色按鈕的話會變冷，紅色按鈕會變暖，黃色按鈕是預約時間制。

女人：我明白了，按這個按鈕就好了。

女人要按機器的哪個按鈕？

1 綠色按鈕		2 藍色按鈕	
3 紅色按鈕		4 黃色按鈕	

題12 **答案：4**

男の人と女の人が話しています。女の人はどんな人が最も好きですか？

男の人：僕は面白い人は好きで、冷たい人は嫌いです。

女の人：あたしは優しい人も好きですが、明るい人が一番好きです。暗い人はあまり好きじゃないです。

女の人はどんな人が最も好きですか？

中譯：男人和女人正在對話，女人最喜歡怎樣的人？是最喜歡。

男人：我喜歡有趣的人，不喜歡冷淡的人。

女人：我喜歡溫柔的人，不過最喜歡開朗的人，不太喜歡性格陰暗的人。

女人最喜歡怎樣的人？是最喜歡。

1. 有趣的人		2. 冷淡的人	
3. 溫柔的人		4. 開朗的人	

答案： 2

きょうしつ せんせい はな
教室で先生が話しています。明日学生たちはどの順番で試験を受けま
あした がくせい じゅんばん しけん う
すか？

あした しけん きょうしつ はい まえ せんせい みな なまえ
みなさん、明日の試験ですが、教室に入る前に、先生が皆さんの名前
よ きょうしつ はい すわ かみ なまえ ばんごう か くだ
を呼びます。教室に入って座ってから、紙に名前と番号を書いて下さ
まえ すわ つくえ ばんごう かくにん
い。あっ、その前に座る机の番号を確認してくださいね。じゃあ、
がんば
頑張ってください。

あした がくせい じゅんばん しけん う
明日学生たちはどの順番で試験を受けますか？

中譯：老師在教室裏說話，明天學生以甚麼順序考試？

大家，關於明天的考試，你們進入課室前，老師會叫你們的名字。進入
課室坐下後，請在試卷寫上名字和編號。啊，寫名字前請先確認座位編
號。那麼，明天請大家加油。

明天學生以甚麼順序考試？

答案： 3

でんしゃ たいいくかんまえ い い き
Q：「電車が体育館前に行くか（行かないか／どうか）、聞きたいです。

なんといいますか？」（想問一下火車會不會到體育館前，應該怎樣
說呢？）

たいいくかんまえ
1 「体育館前になりますか？」（會成為體育館前嗎？）

たいいくかんまえ お
2 「体育館前を降りますか？」（會在體育館前下車嗎？）

たいいくかんまえ と
3 「体育館前に止まりますか！」（會在體育館前停車嗎？）

答案： 1

こども
Q：「子供がとてもうるさいです。なんといいますか？」（小孩子非常吵

鬧的時候，應該怎樣說呢？）

しず
1 「静かにしてください！」（請你靜一點！）

しず
2 「静かにしてはいけませんよ！」（不能靜下來喔！）

しず
3 「静かにしたいですか？」（你想要靜下來嗎？）

答案： 1

きっさてん みせ ひと こうちゃ ちゅうもん
Q：「喫茶店でお店の人に紅茶を注文したいです。なんといいますか？」

（在咖啡店裏想跟店員點紅茶，應該怎樣說呢？）

1 「紅茶をもらえますか？」（我可以要紅茶嗎？）

2 「紅茶はいかがですか？」（你覺得紅茶怎樣＝你想喝紅茶嗎？）

3 「紅茶がオススメですか？」（紅茶是推薦飲品嗎？）

題 17 **答案：2**

Q：「会社で仕事が終わって家に帰ります。なんといいますか？」（在公司完成工作後正要回家時，應該怎樣說呢？）

1 「大変でしたね！」（這真的很困難 / 很累呢！）

2 「お疲れ様でした！」（今天辛苦你了！）

3 「お大事に！」（保重身體哦！）

題 18 **答案：1**

Q：「友達にプレゼントをします。なんといいますか？」（想要送禮物給朋友的時候，應該怎樣說呢？）

1 「これ、ほんの気持ちです！」（這個，小小心意！）

2 「これが欲しいですか？」（你想要的是這個嗎？）

3 「これをくれますか？」（這個是給我的嗎？）

題 19 **答案：2**

Q：「お国はどちらですか？」（你從哪個國家來的？）

1 「あちらです。」（那邊。）

2 「アメリカです。」（美國。）

3 「部屋です。」（房間。）

題 20 **答案：2**

Q：「昨日の映画は面白かったですね！」（昨天的電影真的很有趣呢！）

1 「趣味は映画を見ることです。」（我的興趣是看電影。）

2 「ええ、面白かったですね。」（對，很有趣呢！）

3 「いいえ、面白かったですよ。」（不，很有趣的啊！）

題 21 **答案：1**

Q：「すみません、お手洗いはどちらですか？」（不好意思，洗手間在哪裏？）

1 「こちらでございます。」（在這邊。）

2 「お手洗いですよ。」（這是洗手間喔。）

3 「難しいですね。」（很難的。）

題 22　**答案：2**

Q：「ごちそうさまでした！」（我吃飽了！）

　　1　「いただきます！」（我不客氣啦！）

　　2　「おいしかったですか？」（好吃嗎？）

　　3　「どちら様ですか？」（請問是誰？）

題 23　**答案：1**

Q：「そとを見て！」（你看外面！）

　　1　「あっ、鳥が飛んでいるね！」（啊，有隻鳥在飛！）

　　2　「はい、見てね！」（是，看吧！）

　　3　「良い音楽じゃありませんか？」（不是很好聽的音樂嗎？）

題 24　**答案：3**

Q：「お父さんはまだ寝てるの？」（爸爸還在睡覺嗎？）

　　1　「はい、昨日は 12 時に寝ました。」（昨天 12 時睡著了。）

　　2　「はい、そろそろ寝ないと！」（是時間上床睡覺了。）

　　3　「いいえ、もう起きましたよ。」（已經起床了。）

題 25　**答案：3**

Q：「明日もし雨だったら、イベントはまだやりますか？」（明天如果下雨的話，活動還舉行嗎？）

　　1　「降りませんよ。」（不會下的。）

　　2　「雨が降ったらやりますよ。」（如果下雨的話就會舉行。）

　　3　「雨が降ってもやりますよ。」（即使下雨也會舉行。）

題 26　**答案：2**

Q：「彼のことを知っていますか？」（你知道他嗎？）

　　1　「いいえ、知っていません。」（不，我不知道！）

　　2　「いいえ、知りません。」（不，我不知道！）

　　3　「いいえ、知りたいですか？」（不，你想知道嗎？）

解說：「知っていますか」（知道）的相反詞是「知りません」而並不是「知っていません」。「知っていません」只會用在特殊情況，如後接表示如果的「と」，即「知っていないと大変 / 損です」就表示「如果不知的話就糟糕 / 吃虧」。

日語考試
備戰速成系列

日本語
能力試驗
精讀本

3 天學完 N5・88 個合格關鍵技巧

編著

 亞洲語言文化中心
CENTRE FOR ASIAN LANGUAGES
AND CULTURES
香港恒生大學
THE HANG SENG UNIVERSITY
OF HONG KONG

香港恒生大學亞洲語言文化中心、
陳洲

責任編輯
林可欣、李穎宜

裝幀設計
鍾啟善

排版
何秋雲、劉葉青

插畫
張遠濤

中譯
陳洲、恒大翻譯小組

錄音
陳洲、葉雯靄、恒大錄音小組

出版者
萬里機構出版有限公司
香港北角英皇道 499 號北角工業大廈 20 樓
電話：2564 7511　　傳真：2565 5539
電郵：info@wanlibk.com
網址：http://www.wanlibk.com
　　　http://www.facebook.com/wanlibk

發行者
香港聯合書刊物流有限公司
香港荃灣德士古道 220-248 號荃灣工業中心 16 樓
電話：2150 2100　　傳真：2407 3062
電郵：info@suplogistics.com.hk

承印者
中華商務彩色印刷有限公司
香港新界大埔汀麗路 36 號

出版日期
二〇二〇年六月第一次印刷
二〇二二年十一月第二次印刷

規格
特 32 開（210 × 148 mm）